王逸人 著

一見

中国文学访谈录

中国友谊出版公司

图书在版编目（CIP）数据

一见 ：中国文学访谈录 / 王逸人著. -- 北京 ：中国友谊出版公司，2018.12
ISBN 978-7-5057-4544-5

Ⅰ. ①一… Ⅱ. ①王… Ⅲ. ①访问记－作品集－中国－当代 Ⅳ. ①I253

中国版本图书馆CIP数据核字(2018)第241746号

书名 一见：中国文学访谈录
作者 王逸人
出版 中国友谊出版公司
发行 中国友谊出版公司
经销 新华书店
印刷 北京中科印刷有限公司
规格 880×1230毫米 32开
8.25印张 140千字
版次 2019年2月第1版
印次 2019年2月第1次印刷
书号 ISBN 978-7-5057-4544-5
定价 42.00元
地址 北京市朝阳区西坝河南里17号楼
邮编 100028
电话 （010）64678009

如发现印装质量问题，可联系调换
电话 （010）59799930-601

你能看到多远的过去，

就能看到多远的未来。

目录

代序

一个人的私和公

2010年冬天的一个周末，作为文化艺术出版社编辑，我从北京前往长春做《往事不忍成历史》那本书的读者见面会。落地之后，接待我的正是王逸人，当时他是当地最大都市报《新文化报》的主笔（现在也还是），主持着一个名为“封面文章”的栏目，经常做整版的文化评论和深度专访。事实上那是我们的第一次也是迄今为止唯一的一次见面。自从那次之后，我们基本上就没怎么再联系过，直至八年之后的今天。

对于那次见面，我一直记得几个细节。其一，逸人带我去一家餐厅吃饭，因为杯盘碗碟不干净和上菜速度太慢，他给服务员上了一课，从理念到管理无一遗漏，其用心之情状至今想来仍然历历在目。其二，第二天他带我参观伪满皇宫，回来的路上一直在谈溥仪的军装，说溥仪是否大节有亏先不谈，但溥仪的审美绝对一流，那是一种极其“纳粹”的并脱离了道德的审美。其三，逸人和我说起电影和摄影，之专业，之理念，之技术，之手舞足蹈，之心醉神迷，让我知道在文学情结之外原来他还有狂热的电影和摄影梦想。

后来我进一步了解到，逸人作为独立电影导演已经拍摄了多部纪录电影，当时他的新作《乌托邦》也入围了很多国际电影节。他告诉我，《乌托邦》是个十分悲苦的纪录电影，结尾处好不容易有一束让人觉得稍感温馨的光透了进来，可瞬间便被碾压了……现实残酷如斯，不容人们多做遐想。而那部历时三年完成的片子，几乎就是逸人一人单身鏖战的结果，电影内外的他有着完全如一的精神质地。在电影之外，摄影也是逸人的另一个主攻方向，从他那些拿去参加影展的作品看，有的真是极端的空灵，空灵到让人窒息，这种美学指认，最后被逸人归结为一句“残山梦最真，旧境丢难掉”。

之后，在彼此相忘的八年里的某些瞬间，这些细节就构成了我对逸人的全部认识，也构成了我对他的全部怀念：那个偏执、激烈、挑剔的人，他是在搞文学呢还是在搞电影呢，或者是在搞摄影呢？然而一闪念之后，我又埋首于无边无际的稻粱谋之中。当今年重新联系上，尤其是读了他这些深思高举的访谈文章后，我更加深了对他的上述认识。我认为他偏执、激烈、挑剔得有道理，因为如果他不这样，也就不可能把他的人全部投射到他的作品中去。换句话说，正是那几个细节所折射出来的接近于严苛的态度，才能让逸人保持那种针尖刺心般的功力。

逸人是《新文化报》封面文章的主笔，采写这些文章于他首先是工作，但不是工作的地方又在于，他还是一个功力甚深的读者和笔耕不辍的作者。如果只是工作关系，这份工作的质量难免会打折扣，然而正因为有后两重身份的参与，这个折扣不但没打，反而又提纯了成色、繁密了质地。事实上，在撰稿人、批评家和读者之间，逸人走的是一条调和了多种向度的第四条道路，既有媒体的公共属性又有行业内的价值深度同时还不失却私人温度情感。而这一点，其实是在文学没落年代最应该做也最值得做的“公作”——将读者和批评家角度的个人之“私”通过媒体“公”之天下。

在20世纪90年代和新千年之初，在尚未读到很多文学作品之前，以一个中学生和大学生的身份，我就曾阅读过大量文学评论。不只是我，那些颇具内容深度又兼备可读性的评论，我相信也曾让很多人从中一领文学魅力。而在某个时间点之后，随着纸媒的衰落以及网络的兴起普及，文学世代的落幕似乎成为必然，文学开始了从整体到破碎的市场细分，而评论更开始了专业化和职业化的道路。也就是说，曾经布满文学作品和作者周围的、能让我们感知触摸的那团空气在某种程度上变成了真空，我们只能通过破碎的信息片段和个人化的自我感知去接近作者及其作品，而它们的那种“公”，则被窄化甚至是被取消了。

读完逸人对书中20位作家、评论家的访谈文章之后，我所产生的一个强烈感受是——十几年前我阅读评论文章时的那种感受再一次回来了。而且我相信，这样的感受在很多读者那里同样也将会出现。事实上正是因为这个缘故，我才在之后建议他结集出版，并帮他联系了一家熟悉的出版社。其实，我已经不从事出版很多年了，然而多年的出版工作让我养成的一种“职业病”是遇到一个值得出版的书稿我就会“见猎心喜”，并会在能力所及的范围内帮忙出版。所以逸人和他的这本书，与其说记录了我们八年前后的因缘际会，倒不如说更记录了我的阅读趣味和出版生涯。

书中这 20 篇访谈文章是逸人从他多年的稿件之中筛选出来的，并没有系统性，可能也不具备某种统一的文学标准。主要是访问小说家和评论家，没有诗人，也没有散文家，至于能不能代表中国当代文学倒也没关系，事实上又有什么能代表中国当代文学呢？所以一叶知秋也就是题中应有之义了。

但逸人以对受访者（又不仅限于此）的长年追踪阅读和他自己的写作经验将他们及他们的作品置诸一个广袤的文学图景中，并使出他引导、诱使、反诘、刺激、对话、幽默等或正或邪的手法，套出对方的精妙之论、性情之言、冠冕之辞当然也不乏难言之隐，这些带有强烈现场感的一手文学访谈，则充分呈现出了中国当代文学深入的肌理、精彩的侧面和外人难得一窥的幽微景象。他的不卑不亢，他深厚的文学素养，他既宏且微的切入，他层层铺展的章法和没有章法的章法，以及他足够作为一个平等对话者的全部基础，都让对方通过他而表达出了自己，甚至表达出了自己还没有意识到的自己。

印象深刻的一处是格非老师说："我有时候在上课时对学生说，如果你实在不知道应该怎么写，那就乱写一通吧，其实，乱写也不容易。我们每个人都会被一种外在的话语系统所控制，有时候想乱也乱不了。我的意思仅仅是，有时候乱写一下，反而能够帮助我们找到写作中最珍贵的自由的感觉。"另一处是李敬泽老师说："对一个刊物来讲，它的文化空间永远高大上、永远那么端着架子也是有问题的，有时候我们就需要破一下，某种程度上讲郭敬明的问题不在于他作品的好坏，而在于他是一个重要的文化现象，这一点我想现在大家已没有争议。后来想想这也是我当《人民文学》主编期间干的不靠谱的一件事，一个刊物不能太靠谱，这个不太靠谱是指要有一种开放性的心态。"

一位是作家，一位是评论家，写作方式大不同，然而他们所说的"乱写"和"不靠谱"又都指向了同一个问题：打破边界之后的可能性。可能性的确是我们所面临的一个大问题，事实上，作家写作面临着严重的同质性问题，无论是在意义价值还是在文本形式上都高度重叠，也即一篇小说太像小说、一首诗太像诗、一篇散文太像散文。"像"而非"是"，这就说明了问题所在。半个月之前，听李敬泽老师说过这样一番话，大意是他不喜欢那些一天到晚谈文学的写作者，他们开口博尔赫斯闭口卡尔维诺，好像博尔赫斯、卡尔维诺是他们的舅舅一样。是的，不要老谈文学，不要一天到晚只会谈文学，事实上文学的东西要从非文学处来。

人是大于文学的，而文学是不会大于人的，如果一个人的文学大于了这个人，那么他的文学很有可能不是好的文学。就这一点看，逸人这本书的优异之处还在于既呈现了文学也呈现了文学背后的人，琢磨后者比琢磨前者或许更能拓宽文学。

林东林

2018年12月于武汉

文学神圣

——对话陈忠实

说《白鹿原》是中国“新时期文学”里的扛鼎之作，相信会得到读者的广泛认同，二十多年来，《白鹿原》的热度一直不减。2016 年 4 月底获知陈忠实先生去世的消息，笔者内心一阵怔忪，回想 2012 年他的散文集《接通地脉》出版的时候，我们有了一次关于文学的对话。彼时他的身体还很好，还说出了“人生的最爱我把它叫文学神圣”这样的金句，在那次对话中我们深入谈及了《白鹿原》的创作历程。

前阵子笔者再读《红楼梦》，读到一条脂砚斋的批语——黛玉一生是聪明所误，宝玉是多事所误，阿凤是机心所误，宝钗是博识所误，湘云是自爱所误，袭人是好胜所误。读完此批后笔者内心“咯噔”一下，由此想到《白鹿原》，试问那田小娥是为何所误？黑娃是为何所误？鹿子霖是为何所误？白嘉轩是为何所误？白孝文是为何所误？女娃娃白灵是为何所误？这些人物足以支撑这些思考，就文学创作而言这是极不容易的一件事。而今陈忠实斯人远去，更显出这些文字的珍贵。

王逸人 陈忠实老师，您好，刚读过了您出版的新作散文集《接通地脉》，很荣幸能在这本书出版后的第一时间和您进行一番对话。时间过得真快，上次对您作品的集中阅读是《白鹿原》，就是人民文学1993年的第一版，我是1994年读到的。那时我还在上学，读了第一章就放不下了，上课的时候也看。我现在还清楚地记得班上有个男同学看到后为了显示他已经读过此书，特意在课间跑来我身边背出了《白鹿原》的第一句话——白嘉轩后来引以为豪壮的是一生里娶过七房女人。没想到转眼间十八年就过去了，但我想这时间也检验了《白鹿原》，它已成为一座文学高峰，我个人觉得当代作家里在写家族变迁且具有史诗况味的长篇小说方面，迄今还没有能超过它的。现在当您回看它时，您有何种深切的感受？

陈忠实 现在回望《白鹿原》我的心情早已平静，我在五十岁以前通过那本书写出了在那个时代里对中国20世纪前五十年历史的理解，同时我也很庆幸在自己精力最充沛，思维也比较活跃的年龄段写出了我的真实体验和感受。

王逸人 《接通地脉》里面有多篇关于《白鹿原》的创作散谈，这也是我最感兴趣的部分，我是挑着先把这部分都读了，从中我才知道，写《白鹿原》也是您第一次操作长篇，那么庞大的一个工程，说实话您心里虚不虚？

陈忠实 《白鹿原》的确是我的第一部长篇小说，在写之前还是有一些担心的，其中最担心的是小说的结构。《白鹿原》的准备工作我花了两年的时间，应该说我汇集到的素材还是比较充分的，在这一点上我心里是比较踏实的。在动笔之前我已经给自己规定好小说里要使用叙述语言而不是白描语言，所以我还特意在前面写了几个中短篇的小说，有意识地加强了这方面的训练。最不让我踏实的就是前面提到的结构，不踏实的原因是长篇小说的结构我的确没有经验，第二点是因为这个小说的时间跨度长，人物也比较多，事件上也是一个套着一个，这样的话结构起来难度就比较大。我的一个朋友在西北大学是搞文学理论研究的教授，他曾提醒过我一句，长篇小说是一个结构的艺术，当然他所说的是现实主义的长篇小说。他说长篇小说如果结构不好，那就像剔了骨头的肉一样，提起来是一串子，放下去是一摊子。这句话给我留下的印象太深刻了，我的担心也正是这个。但如何解决结构呢，没有任何人能给你提供现成的答案，于是我潜心读了一些在20世纪80年代反响比较好的长篇小说，比如王蒙的《活动变人形》、张炜的《古船》等，翻译小说里比如马尔克斯的《百年孤独》等等。看完了我发现，好的长篇小说就结构讲任何一部和其他的都没有雷同，这个发现给了我很大的启示，你的长篇小说必须根据你的艺术理想和需要来结构。得到这个启示后我开始重新审视我要写的东西，结构的问题也就慢慢地解决了，现在来看我不能说它完成得有多好，但起码没像我的那个教授朋友所说的那样——提起来是一串子，放下去是一摊子——立不住。

王逸人 台湾有个我很佩服的青年导演叫魏德圣，克服了很多困难拍出了《海角七号》和《赛德克·巴莱》，用他自己的话说，人这一辈子总得干一件能拿出来在嘴上说的事。我看《接通地脉》里您谈创作《白鹿原》之初，要写本书“给自己死的时候做枕头”，这个情节最后变成了小说里朱先生的最后归宿，他是枕着自己编的县志死去的。这样的想法我非常赞赏，我觉得潜下心去不为时代所打扰，干那么一两件听从于自己内心的、但必须克服巨大困难的事情，是对自己拷问生命意义的回答。不知您怎么看，是否在《白鹿原》完成后，您觉得自己的一个人生坐标已经建立了，对自己对他人都算有个交代了？

陈忠实 我倒是没想过给别人什么交代，主要还是自我交代吧。我的文学理想在上初中二年级时就有了，后来“文革”

发生，中间中止了几年，但是它始终没有破灭掉，一直是萦绕于心的，成为一种人生的最爱，我把它叫作“文学神圣”。为了这个文学的神圣，我要尽我所能去追求一番，争取能写一部起码在自己死的时候可堪安慰的一部书，纯粹就是这样的一种情结。

王逸人 《白鹿原》的创作也是一波三折，如您在文章里所写的，1989 年 4 月到 8 月间您写完了十二章，然后就发生了很多事。接着是孩子高考，好不容易写完了，你还下了决心如果没有反响，就不再当专业作家，而打算改养鸡了，因为当作家收入太低了，供不起孩子读书。等到《白鹿原》产生了轰动，您第一个自我反应竟然是不用去养鸡了。说实话看了这些我都自问这是哪儿跟哪儿啊，皇皇五十万字的“大部头”，背后竟然是这样的局面，这些事情最终影响到《白鹿原》的走向和最终样貌了吗?

陈忠实 那倒没有，就是在完成时间上被推迟了一年，因为在写正稿前，我先写了一个草拟稿，1988 年就已经完成了，有四十多万字，正稿就是按着草拟稿写下来的。可以这样说，我是在五十岁时才完成的《白鹿原》，如果不能出版，或者出版了没有任何反响，那么我就准备对人生做出一些调整。当然，文学是不会被放弃的，依然会作为业余爱好保留，随心所欲去写作。至于养鸡的问题，刚好那时农村兴起了一些民营企业，其他的企业我搞不了，养鸡还是有兴趣的，办个养鸡场起码可以改善生活，因为我的孩子一个接一个地要上大学，学费越来越高，光凭我的那些工资是应对不了的，所以就想着办个养鸡场，剩下的时间读读书、写写小说也挺好的。

王逸人 有一种观点我挺认同的，同样描写自己没经历过的时代，《白鹿原》并没有让人觉得很“各”，相反感觉非常真切，我觉得非常有道理。您怎样做到这一点的？比如《红楼梦》，曹雪芹使用了大量的细节，像宝玉身上穿的“孔雀裘”，您有这样的细节储备吗？

陈忠实 没有让人觉得很“各”很重要的一点是我对 1949 年之前的乡村生活有真实的生命体验，虽然很多东西在记忆里都是朦胧的，但当它成为一种文学来源时，就变成了一种很珍贵的切身体验了，因为那个氛围都是第一手的。包括新中国成立初期，虽然出现了“土改”“合作化”等等运动，但乡村的生活秩序在很多方面依然延续着新中国成立前的样貌。另外还有，为了写小说我查阅了很多的县志，这对我理解和思考那段生活也有很大的帮助，对一个地域的历史人文、山川风貌有了很大的感知，把这些东西融合起来，动起笔来进入状态就非常快。还有一些我没有经历过的白鹿原上发生的一些革命活动，源自一些老革命家所写的回忆录，看了他们的回忆录我才知道这里是多么非同一般。

王逸人 看《接通地脉》，得知《白鹿原》里的朱先生本就是有原型的，就是《蓝田县志》的主编者牛兆濂，是清末的最后一代举人，而且就和您家住得非常近。那么其他人呢？包括白家和鹿家这两个庞大的家族脉络，现实中有原型吗？

陈忠实 两个庞大的家族脉络没有原型，就是鲁迅先生所说的“杂取种种人”，这里一点那里一点构成的，这里动用的就是小说的另一项功能“虚构”了。

王逸人 《白鹿原》里有很多情景让人一直难忘，比如白嘉轩和长工鹿三之间温暖的主仆关系，秋收完毕白嘉轩让人把最好的粮食先给鹿三送去。我们小时候受的教育只觉得普天之下地主和长工间只有一种模式，就是黄世仁和杨白劳那样的，怎么到您这里把路数完全给改变了？

陈忠实 这可不是我在改变，这是我的真实生活体验。我小时候村子里有地主，是小地主，不是那种“恶霸地主”，他一年就能雇得起一个长工，他会和长工吃住在一块，自己不能完全脱产，也是要干活儿的。如果长工人比较真诚心眼好，那就相处得很融洽了，而且这样的现象是比较普遍的。他们间的感情甚至跨越了历史，新中国成立后划完成分，不能再雇佣长工了，表面上不会有什么，但暗地过年过节的还是悄悄地往来，我觉得这还是源自人和人之间的理解。

王逸人 所以我想问您这样的亲历者，旧社会真的那么“万恶”吗？

陈忠实 也可能有万恶的，恶霸地主也不排除，而且地主和雇工间的个人情感并不改变剥削和被剥削的关系。在那种所有制的背景下，穷人没有土地，只能给别人当长工，去争取生活质量，但这里面有一个很基本的利害关系，就是雇佣方是不可能害怕长工吃饭的，因为有个最浅显的道理，不吃饭人家怎么给你干活儿啊！雇人是要出劳动效益的啊，你不让长工吃饱或者吃得很差，没有力气干不动活儿，这种节约所产生的效益结果是有很大差别的，哪个地主也不会傻到那个程度啊。咱们过去为了写地主坏，就说既不给长工吃饭又让长工干活儿，哪会有这种事啊，太可笑了嘛。所以白嘉轩和鹿三之间的关系我就是按照当时的常态去写的。

王逸人 下面的问题我不问，肯定有读者会表达不满，那就是《白鹿原》里关于性的描写。说实话我第一次读到时也吓了一跳，别忘了那是 20 世纪 90 年代初，粮票好像刚刚取消，可是男男女女已经在您的书里折腾得翻云覆雨了。在这方面怎么会有那么浓重的一笔？

陈忠实 这个问题我写文章表达过自己的立场，《白鹿原》里要写的是人的文化心理结构的形态。在性这个问题上也存在着中国人传统的道德理念所结构出的心理形态，凡是涉及这个心理形态的性描写我都努力地把它撕开写，如果不涉及人物的文化心理结构和道德心理结构，我一个字都不写。所以我管这叫：不回避、撕开写、不做诱饵。

王逸人 有关性的描写可受到了什么作品的影响，比如《查泰莱夫人的情人》？

陈忠实 这方面我没有受到过谁的影响，《查泰莱夫人的情人》这本书我也读过，但是洋人的生活形态和中国人的生活形态差别太大了。《查泰莱夫人的情人》里面的道德观念和20世纪前五十年中国人的道德观念根本就不可同日而语，所以这个方面的写作还是我自己探索的。

王逸人 我手里保留的《白鹿原》一直就是1993年人民文学的第一版，后来它获得了“茅盾文学奖”，听说获奖的那个版本是被删过的“洁本”，可是这样吗？都删了哪些？

陈忠实 有这么回事，不过删了没有多少，一共不到两千字，因为获奖书后要再版，所以它又被出版社过了一遍手，发现有两个细节是重复的，再版的时候就梳理掉了。

王逸人 王全安拍的电影《白鹿原》您看了吗？感觉如何呢？我看了演员表怎么觉得跟小说里的人物有些对不上号呢？我记得鹿家的人好像都是高鼻梁深眼窝的美男呀。

陈忠实 电影我已经看过了，作为书的原著者我对它的评价是不错的。我觉得电影《白鹿原》和话剧、舞剧以及改编过的秦腔《白鹿原》一样，受到时空限制太大，两个多小时的电影装不下所有的情节和人物，只能取舍。我对这部电影创作者的期待是既体现出小说的思想和精神特质，又不要囚于文字的桎梏，以电影无可替代的优势，创造出几个有鲜活魅力形象的人物来。其实我都曾替导演和编剧犯难，时空所限，突出哪个舍弃哪个，连我自己都把握不住，所以说电影能做到现在这个样子已经很不错了。

陈忠实，当代著名作家，曾任中国作家协会副主席，陕西省作家协会名誉主席。陈忠实主要从事小说创作，兼写散文随笔等。代表作有长篇小说《白鹿原》（获第四届茅盾文学奖）、中篇小说《康家小院》、短篇小说《信任》《日子》《李十三推磨》、报告文学《渭北高原，关于一个人的记忆》、散文集《原下的日子》等。多部（篇）

作品被翻译成英、法、俄、日、韩、越、蒙古等语种文字出版。

2016 年 4 月 29 日辞世。

活得自得

——对话贾平凹

多年来，贾平凹以其作品中所呈现的意象主义、家园意识以及浓厚的历史感被读者所熟知，更为难得的是他一直保持着旺盛的创作力，《秦腔》之后有《高兴》《病相报告》《古炉》《带灯》《老生》《极花》，及至今年的《山本》，一段时间以来他几乎以一年一部长篇小说的速度默默助推着自己的文学历程。与诸多作家的“惜墨如金”相比，贾平凹甚至是“惜言如金”，笔者在许多场合见到他，除了必要的言辞外，他基本上就是沉默在那里，沉默也是他的一种风范了。

王逸人 贾老师，您好！前阵子在北京参加了您的新作《带灯》的发布会，当时人比较多，也不是谈话的地方，在发布会上拿到书后，晚上回宾馆就开始看，很快看完了，还是有些心得的，正好在这里交流一下。我注意到这个作品，应该说是您长篇小说里面难得的、少见的非常贴近现实的一部。我印象中您的《浮躁》是比较贴近现实的，当然也可以讲它是有很多的现实情节、因素、环境，但是同时多多少少还有一点距离，而且在后面的很多作品里面都有一些魔幻、变形、极度艺术夸张的成分，包括上一本《古炉》。到了《带灯》，夸张、变形通通都没有了，非常写实，而且是非常近距离的写实，这个主人公本名叫萤，后来改成“带灯”，她的职务是樱镇综合治理办公室主任。社会综合治理办公室一个重要职责就是维稳，维护社会的稳定。在当前整个文学创作当中，特别是一些成名的作家里面是不大敢写维稳的事情，您怎么会碰这个东西呢？

贾平凹 应该说《带灯》于现实而言是更近距离的，带灯的职务是乡镇综合办的主任，她工作其中的一项是维稳，维稳主要处理上访，上访是最令人头疼的、也最难做的一项工作，带灯就是从事这方面的工作。当时写这本书，设计带灯，一切都围绕维稳等日常工作展开的。为什么写这种生活？我觉得从改革开放到现在这个时期，社会转型到这个阶段，社会基层确实有很多危机，人性的东西也在集中爆发，其中有许多值得人们关注的地方。作为在文坛上写了几十年的作家，我受到的教育和我的经历基本上都是传统的东西，那就是天下兴亡匹夫有责，这是有担当有情怀的教育。在现实生活中，这些年我一直在下面，跟社会最底层没有断过接触，尤其《古炉》写完以后有一段休息时间，我跑了好多社会底层的地方，看到好多问题。当然这些问题自己也有些忧心，也想把自己的感想表达出来，所以就激发了我写《带灯》。当然这个故事是最现实的，因为全部的东西就是现实的，这跟我的一些追求有关。我喜欢中国古代两汉的东西，两汉的东西下笔很清楚，我觉得对一个作家来讲，尤其是面对中国目前的现实生活，要真诚地呈现下层生活，要真实地表现基层干部，写实是很好的一个办法，能把这样的东西贡献给读者我也满意。

王逸人 《带灯》一书的人物与素材的选取，您经过了哪些考量？

贾平凹 这个问题我也曾长时间思考，《带灯》这本书对纪实层面上的形式表现，在最初可能有这样那样多种的办法。看完这本书以后，有些人也许会说现实生活原来这么令人不舒服，有这么多问题，这里是不是要批判什么东西，或者抗争什么东西？是不是你要维护什么东西、推进什么东西？可以说，我自己在选取《带灯》素材的时候，是有这样一个考虑。一方面我所用的材料必须都是真实地从生活中长出来的，而不是道听途说或者在房间里面编造的东西；另一方面，我选取这些写作材料一定要有中国的文化特点，这里面要呈现出国情、民情。作家就是要把这种好像无界的东西呈现出来，因为作家毕竟不是政策的决定者，他只能尽他的能力、尽他的感悟来呈现，让大家关注或者警觉。所以我后期也谈到，自己虽然没有能力去改变中国社会，但是可以把自己的感悟呈现出来提供给社会。当然文学作品说厉害的时候也很厉害，它呈现的是另外一个层面，能让大家共同关注这个事情，或者说来解决这个事情。

王逸人 您以前的作品中女性形象也出现过很多，但是仔细想一想，那些女性的形象基本上是围绕男人转的，例如《废都》里面的庄之蝶，他周围一圈女人，典型的男性中心论。而这部作品彻头彻尾地以女性形象为中心。在带灯身边有一堆爷们，一堆汉子，这堆爷们儿、这堆汉子又有很大反差，能不能从这个角度讲讲，这样一种大的转变怎么出现的？

贾平凹 世上的事情特别奇怪，女人评价女人一般都不准，男人评价男人也不准，往往是男人评价女人、女人评价男人比较准确。在我以前的作品中，女性也写了好多，但不是作为一号人物来对待的。这次带灯作为一号人物来对待了，现实中接触了这样的人物，我特别感兴趣。再一个我觉得这个女人特别厉害，在下面干得特别好，你要知道在基层工作，跟老百姓打交道，那是特别复杂的事情，不是说原则性强、责任心强就可以干成的。带灯是为老百姓干事的，而且她又长得特别漂亮，内心又特别清高，跟她同时交往的人很多，她都瞧不起那些人。因为她在乡镇部门工作时间长了，她必然有很多乡镇干部身上的习气，有好多办法是不正当的手段，但是她也有她的同情心。我自己积累了这些材料以后，觉得应该好好地写一写。男作家写女性的时候，我觉得从另外一个角度来写，可能更特别一些。犹如在京剧舞台上，男扮女装，有时候比女演员更传神一些。

王逸人 我在读小说的过程中发现带灯这个人物有些分裂，一方面她要解决那些最基层的社会矛盾，对方基本是没有多少文化的农民；另一方面她又有自己的精神恋爱，对方是省政府的副秘书长，完全是她心中的一个情人，而且还都是用手机短信给人家发，又文气得很。我觉得这两个部分，从文体来说特别不和谐，结果看到后记里面写真有这样一个人，这样一个创作过程，对一个作家的写作来说也算是蛮奇特的，能不能把这个写作过程跟大家有一个分享。

贾平凹 写完《古炉》以后我跑了好多乡镇，接触了很多干部，在这个过程中认识了“带灯”。这个人特别聪慧，她让我很感动，她会运用一切办法来发现社会矛盾。在乡镇政权队伍里面，这些都是令政府头疼的事情，有好多小事情没有及时解决，就会越积越大。这个人后来跟我成为朋友，她就发了好多东西给我，她之所以不停地发信，因为她在乡镇干部里面属于小字辈，有文艺青年的这股劲儿。但是环境又不允许实现那些，她也没有更多的事要做，也没有什么团体来交流，她整天面对的就是那些上访的人。你能想象那么清高的一个女子，在那样一个环境中，最后能生活下去，她完全是靠自己的精神生活来支撑。小说里元天亮这个人官当得很大，她就给这个元天亮不停地发信，哪天她要不发信总觉得好像有一件事情没做，慢慢地就做了他的情人。当然，话又说回来，像我这些作品，每个人物，都有原形的，没有原型就写不出。但是这个原形和小说写完以后是两回事情。当然这里面很多故事是我这个朋友提供的，或者她自己发生的事情，集中在一块儿完成这部书。

王逸人 《带灯》原来的名字好像叫《萤》，以一个萤的形象，燃烧了自己，照亮了别人，我读的时候倒没有觉得那么崇高。您自己写的那个人物，是要让她燃烧自己照亮别人，还是压根儿没有考虑崇高的主题？

贾平凹 我写作的风格一向不是激烈的那种，只是淡淡地把这个事情阐释了，自己不需要添加更多感情色彩，一切由读者去做判断。带灯这个人物原来是叫作“萤”，我的那位朋友在看辞典的时候说“腐草化萤”，萤火虫生于草里，她觉得这不好，后来改成“带灯”。她这个灯是自带的，而不是别人给她的光亮。“带灯”好像一般人不会把这个词作为名字，但是这里面有好多有意义的东西。毕竟萤火虫的这个灯不是火把也不是日光灯，不可能太亮，最终它的命运是悲惨的。作品最后出现一大片萤火虫，写到这里的时候我在想，虽然带灯的内心最后受到伤害，但她毕竟亮过。在当今社会，每个人如果都像这个萤火虫一样，靠着自己一点点光亮还可以照亮好多人，毕竟是很美好的事，这是在创作的时候自己想到的一些情境。

王逸人 您刚才说作家应该通过作品反映当下的社会现实中的问题，但是微博微信兴起后，很多社会问题会第一时间被大家了解到。我觉得在当下的传媒环境中，作家除了作品中反映社会现实，怎么从自己的角度生成更深层次的思考，甚至是给出自己的答案，而不仅仅是反映社会现实？

贾平凹 你说现在有网络、有微博，每个人都可以站出来谈出你对社会的看法，或者发表自己的意见，我认为是有这个权利，也有这个能力。但是个人有个人的情况，对社会发表看法，也是有一定能力的人才可以完成的。对一个作家来讲，他既然是写东西的，他就应该在他的作品里面表达他的关注度，表达他对问题的看法，表达他的态度。我想面对社会要说的话，最好还是用作品来回答。

王逸人 刘震云前一阵出了一本《我不是潘金莲》，也涉及了上访这个问题，这是不是也是巧合？将来中国作家会不会更多地以此为方向贴近中国现实的问题？

贾平凹 刘震云这本书我注意到了，我已经买到这本书了，也想好好看一下，但我还没有来得及读，具体怎么个写法我还不是十分了解，但是我想刘震云一定写得很精彩。我刚才说上访问题，这个问题不用你深入了解都会必然碰到。《带灯》这本书里面也写到上访内容，但是主要的是写乡镇生活。乡镇里生活面包括好多，如选举问题、救灾问题、经济问题，怎么帮助贫困学生，怎么样让乡镇的经济增长，诸多事务都在里面。我刚才强调了，《带灯》其实写的是一个乡镇的日常工作。当然，上访问题在里面占很大比重，实际上是反映中国社会最基层层次上的东西。你把两本书都看了，你更应该有发言权，你自己就能得出结论。但我想不管怎么写，两个作家的写法肯定不一样。

王逸人 这本书的初稿带灯的原型看到没有，她是什么反应?

贾平凹 小说毕竟是小说，原型毕竟是原型。我们之间电话、信件的交流还是不断的。她那个人对于小说好像不感兴趣，反正有些事情写进去了，她说随便你写吧。她也不追求名利，她唯一喜欢看的就是杂志，看得最多的是《读者》。她的聪慧完全是自身的，当然你也许会替她的命运感到惋惜，但是她没有更多的欲望，她就是活得自得就可以了。我跟她在下面跑村庄的时候，每一个村子她都熟悉，因为是山区工作是相对自由的，早上走了，晚上再回来，这一天都由你来决定。我为什么对她平常的生活感兴趣，作为一个女人，那么有文化，很清高的，在下面跑的时候背一个书包，装两瓶矿泉水，买两个粽子就走了，这种生活方式其实挺好的，咱们现在在城市生活，顾忌的东西太多。

王逸人 我记得二十年前以您为首，一群陕西作家同时发表作品，于是出现了个“陕军东征”的说法，如今二十年过去了，你们都发生了怎样的变化?

贾平凹 那天去北京的飞机上碰到高建平，高建平是我的老朋友，他也是陕西一个很有名的作家。他的一部书也在北京开发布会，有时候写作的题材不约而同都是一个领域，这个肯定是巧合了。人类发展是这样，作家更是这样，经常看这个时期写这个题材，那个作家也是这个题材。至于说二十多年前陕西有五个作家同时发表作品，当时媒体说“陕军东征”，那次也是偶然碰到一块的。当然二十年过去了，回想起来，每个人年龄也都变化了，每个人的经历也有变化，创作自然而然发生变化，希望在关注的题材方面，或者写作的方法上跟以前也不一样了。

贾平凹,1952 年生于陕西丹凤县棣花镇，1974 年开始发表作品，1975 年毕业于西北大学中文系。现为中国作家协会副主席、陕西省作家协会主席、《延河》《美文》杂志主编。出版作品有《贾平凹文集》二十四卷，代表作有《废都》《秦腔》《古炉》《高兴》《带灯》《老生》《极花》《山本》等长篇小说十六部，中短篇小说《黑氏》《美穴地》《五魁》及散文《丑石》《商州三录》《天气》等。作品曾获得各种文学奖多次，即茅盾文学奖、鲁迅文学奖、全国优秀短篇小说奖、全国优秀中篇小说奖、全国优秀散文（集）奖。另获施耐庵文学奖、华语传媒文学大奖、冰心散文奖、朱自清散义奖、老舍文学奖、当代文学奖等五十余次。作品被翻译出版英、法、德、俄、日、韩、越文等三十余种。被改编电影、电视、话剧、戏剧二十余种。

乌托邦的幻象

——对话格非

格非是当代“先锋派”文学中重要的一员，他的小说非常迷人，极具神秘色彩，尤其可贵的是他在文学叙事中所呈现的那种纯净的优雅气息。从《追忆乌攸先生》到《欲望的旗帜》，格非形成了一个相当完整的“先锋文学”的作品体系。2004年，沉寂了一阵的格非推出了《人面桃花》，这部长篇小说表现出了他不同以往的创作方式，其后他又相继推出了《山河入梦》和《春尽江南》，“江南三部曲”就此全部完成，格非又打开了一个属于自己的新的文学局面。2015年，“江南三部曲”荣获“第九届茅盾文学奖”，彼时本以为他会稍作休息，没想到他很快又推出了小说《隐身衣》，以此书为由，笔者与格非展开了一次深入的对话。

王逸人 格非老师您好，很高兴因为新作《隐身衣》的出版我们能有这样一个交流的机会。我是读着您的文字成长的人，几乎看过您所有正式出版的作品，像《褐色鸟群》等小说我自己都不知道读过多少遍了，应该说您和余华是“毒害”我最深的两个当代作家。包括我去塔尔寺，得知银塔里长出的菩提树的树叶上会有佛的图案，我都会想到您在《相遇》里所写的东西所言不虚，所以今天可能会有很多问题。还是先说《隐身衣》吧，这篇小说最初的创作初衷是如何形成的？

格　非 我感觉你是一个对文学有特别见解或者说有自己美学标准的人，说实话，接受你的采访我很高兴。《隐身衣》与我此前的作品《春尽江南》有一点关系。在写《春尽江南》时，我曾经犹豫过，要不要将自己多年来和古典音乐爱好者（发烧友）之间的交往作为一个背景放进去。后来我决定另写一篇。我有一个朋友，是专门给人制作胆机的，在北京的发烧友之间非常有名。他之所以会强烈地吸引我，是因为他很少跟其他人发生什么关系，白天睡觉，晚上工作，谦卑、执着，对自己的手艺有种宗教般的热忱。我觉得他穿了一件隐身衣。很久以来，我就想写一篇以他为原型的小说。当然，实际完成的《隐身衣》情节大部分是虚构的，和他没什么关系。

王逸人 您是我期望值很高的一位作家，看完《隐身衣》后给我的感觉是既没惊喜也没失望的“格非水平”，但是我能感觉到一些变化，首先是故事背景发生在当下了，想想以前的文字里关注当下的不太多，《欲望的旗帜》算个大部头了。我觉得您的文字和叙述方式一直挺诗意化的，这种诗意化很适合放在有一定时间距离和能产生历史想象空间的环境里，为什么这次关注了当下，现实有诗意可言吗？

格　非 在十六岁之前，我都是在农村度过的。来到城市之后，反观乡村生活，产生某种诗意的感受也许是很自然的。同时，乡村也是一个具有历史感的地方，这种历史感会和地理、风俗、传说联系在一起。但我在城市也已经生活了三十二年，时间长度正好是乡村生活的两倍。我在上海生活了二十年，北京也已经有十二年。现在，我差不多已经忘了自己是城市的外来者，可在我刚到上海时，这种感受很强烈。另外，就算我回到老家，那里也早就不是农村了。从《欲望的旗帜》到《春尽江南》，再到《隐身衣》，我一直在不断尝试写城市生活。不过在描述城市生活或者你所说的当下经验方面，乡村记忆仍然会起作用。

王逸人 您是从“麦村”出来的南方人，梅雨、阴暗和潮湿一直是您的标签，这次《隐身衣》里您怎么成了北京的“胡同串子”了，是在清华大学里待久了的缘故吗？

格 非 北京这个城市，没有上海那样的排异感。也许和它过去是一个典型的乡村型城市有关。我决定将故事的背景设定在北京，没有什么特别的心理障碍。小说写完后，我曾请一个朋友帮我看一看有关北京的氛围是否真实，结果他在最冷的冬季，一条街一条街地把我小说中描写的地区都走了一遍，并走访了很多当地的居民，最后给我提出了修改建议。感激是当然的，但更多的是羞愧。这些工作本应由我去完成。

《隐身衣》设置了重重悬念，讲述人们追名逐利而起伏跌宕、凶险无着的命运。全书贯穿了对古典音乐的优美诠释和倾心礼赞，以之与书中无序和充满欲望的世界构成强烈的张力场，而情节的惊悚与繁复的构造又体现了某种黑暗、残酷等哥特式艺术特征。本书的写作延续了作者自“江南三部曲”以来对现实世界高度的关注与思省。

王逸人 从《隐身衣》这个名字可以看出您观察当下生活的方式，小说中的我也是边缘人，似乎穿着一件“隐身衣”

冷眼旁观身边的一切人和事，我想问这也是您的日常状态吗？如果是的话，您觉得自己在什么环境里能脱掉它呢？

格　非　也不完全是。我常常在想，海德格尔的告诫肯定是对的：生活中没有热情，人的生命其实没有任何价值。

王逸人　神秘感、哲学思考以及一些冷幽默，都是您小说吸引我的地方，这次《隐身衣》里我又读到了这样的文字——因为在我很小的时候，就明白了一个道理，不论是人还是事情，最好的东西只有表面薄薄的一层，这是我们的安身立命之所。任何东西都有它的底子，但你最好不要去碰它。只要你捅破了这层脆弱的窗户纸，里面的内容一多半根本经不起推敲。这段话让我心里咯噔一下，这话是对的，而且有哲理，但让人读了感觉没希望，一直以来您的作品好像就没让人读到有希望的东西，您的现实状态也是如此吗？

格　非　这是小说中叙事人的看法，并不完全代表作者的看法。不过，这段议论确实有感而发，与我个人的经验也有某种重合的地方。我不认为这段话特别的绝望，我只是觉得有点儿悲哀而已。《堂吉诃德》里也曾表达过相似的见解：如果你有一个好看的花瓶，就应该感到珍惜。可你如果硬要把它往地上摔一下，看看它是否结实，那它多半会碎。德国 19 世纪中叶的一个哲学家施蒂纳说：“每个人的内心都有一种创造幻象的巨大力量，我们生活在幻象中，忘掉了我们本来所是。”

王逸人 看了这篇小说我才知道您对高品质的音响器材是如此专业，我知道这是个很烧钱的爱好，一根连接线就能卖到一两万，搞发烧器材、听音乐是您让自己在现实中得到安慰的“心灵鸡汤”吗?

格　非 也谈不上怎么专业。我在读大学的时候开始迷上古典音乐，那时的上海音乐厅几乎每个周末都有免费的音乐会。我相信，去现场听音乐是每个音乐爱好者最大的梦想，据说世界上最牛的发烧友家里根本没有音响，他们成天追着国际上一流的乐团，满世界到处跑。正因为听现场对我来说太奢侈了，所以才会在家里听唱片。多年前，荷兰阿姆斯特丹管弦乐团到上海访问的时候，我因为买不起一张八百元的入场券，在门口徘徊了好几个小时。选择一套还原能力好一点儿的器材无可厚非，但现在很多发烧友在迷恋器材的同时，忘掉了音乐本身，这当然很可悲。说到安慰，我认为音乐作品所带来的作用并不仅仅是安慰，每个作曲家给你带来的感动是不一样的。

王逸人 小说里您借着白律师的嘴说出——在一个肮脏、平庸的世界上，运气就是唯一的宗教。这话我也认同，我也认为自己还算平安地活到现在是运气。我想这绝不是你我二人的感受，但我觉得把它上升为一种信仰有些太可悲了吧？

格　非　这是白律师的观点。如果我现在试着来理解这句话，它似乎在强调肮脏，又像在强调运气，但其着重点很可能在前面。和你的理解一样，我觉得运气有时候就是一切。比如说生活在今天的人，不管怎么不幸，总体而言要比生活在世界末日前夕的人类要幸福。另外，生命的诞生过程本来就是幸运的产物。不过，反过来说，如果悲剧仅仅和偶然性有关，那就不叫悲剧。因为它是你的能力无法控制的，大可不必忧心忡忡。

王逸人　我一直挺关注您小说里神秘感的营造，《隐身衣》里也有，比如小说中主人公给丁采臣配了一套顶级音响，而且送到他家去了，但他一直差着二十六万的余款，可是他跳楼自杀了，而这个事情只有“我们”两个知道。一年之后，主人公的银行卡里突然收到了这笔钱，这笔钱谁给的？丁采臣倒是死没死啊？我想问营造神秘感就是把悬念放在那里，然后不给读者具体的交代？

格　非　我也不知道。说不定有一天我会以丁采臣这个人物为第一人称视角，把这个故事再写一遍，也许到那时，就会真相大白。说到设置悬念的方法，就技巧而论，其实有很多，但悬搁和延宕是最普通的做法。但也有人会反过来做，比如，提前交代这个人物会死，把结局提前。这样一来，这个人物无论遇到什么危险，读者都会认为他会死，但每次作者都会让他化险为夷。等到你觉得这个人物很安全的时候，说不定作者会让他突然死掉。

王逸人 好了，下面我们回顾一下您的创作历程吧，还得说《褐色鸟群》，第一次读到它的时候我还上学呢，看完之后我整个人突然被小说的气氛笼罩了，呆呆地坐了很久，人都有些恍惚。它像一个透明的罩子隔在我和现实之间，我好不容易才从里面爬出来，对于文学作品的阅读，这种感觉是第一次也是迄今为止唯一的一次，是什么情况下让您写出了这样的东西？

格　非 我在很多场合都说过，《褐色鸟群》是在一种特别放松的情况下写出来的。如果你喜欢它，我很荣幸。这个作品我自己不便评价，但写作这个作品的经历对我很重要。也就是说，它让我知道，在一种完全放松的心境之下，作品会有怎样的效果。我有时候在上课时对学生说，如果你实在不知道应该怎么写，那就乱写一通吧，其实，乱写也不容易。我们每个人都会被一种外在的话语系统所控制，有时候想乱也乱不了。我的意思仅仅是，有时候乱写一下，反而能够帮助我们找到写作中最珍贵的自由的感觉。

王逸人 《欲望的旗帜》之后，您沉寂了一阵，我还在心里想着您可别“搁笔”，你们那一代里马原也好久不写了，直到“三部曲”的推出，大家知道您还在坚持，那个阶段里您和那一代作家出现了什么问题？

格　非 除非不得已，我很少去直接评价同行的作品。可这并不意味着我对他们的创作不关注，或者说没有自己的看法。我想，绝大多数被称为作家的人，骨子里都是很狂的。正因为如此，我会不断地告诫自己，我的那些自以为是的想法不一定就比别人高明。事实也往往如此。作家采取怎样的方式写作，或者说长时间不写，为什么突然又开始写了，都有他们值得尊重的理由吧。马原是我多年的朋友了，马原将近有二十年不写作了，但最近似乎又开始进入创作的旺盛期，刚刚出版了《牛鬼蛇神》。

王逸人 我读“三部曲”觉得写得最好的是第二部《山河入梦》，但我感觉您在《山河入梦》里营造的那个“乌托邦”有些漂，不厚重。我觉得您再努努力它会更出色，不知道您怎么看我的感觉？

格　非 我很尊重你的意见。其实有不少读者反馈了与你大致相同的看法。尤其是最近，好像喜欢《山河入梦》的人多了起来。你的批评我也会认真考虑。每部作品都会有遗憾，有些作家会不断修改、再版自己的作品，我却不喜欢这么做。我的习惯是在新的作品中来弥补那些缺憾。

王逸人 你们当年一群人，包括苏童、余华、莫言、北村、林白、陈染、孙甘露等，营造了一个文学的“黄金时代”，可今天的文学却变得越来越碎片化，这是为什么？

格　非 看得出来，你对当今的文学不太满意。实际上我也不满意，但我的出发点也许和你不一样，那是不是个“黄金时代”不重要，重要的是它已经过去了。我不太喜欢总体水平这个概念。在文学上，从来就没有总体水平这样的说法。对文学来说，只有最好的作品能代表一个时代的精神高度。对我来说，那些能够触及灵魂、激活思维，能给予重要启迪的作品太少。

王逸人 您的作品里人物都有强烈的宿命感以及现实的未知和不确定性，人都是处在一种被动的位置上，是什么思想在影响您？

格　非 我的思想资源比较复杂。有的地方我也未必看得清楚。假如以后有机会，我们再详细讨论吧。

王逸人 给搞创作的年轻人介绍点经验吧，比如写“三部曲”那种遥遥无期的东西，碰到写不下去的时候怎么办？是先放放然后去玩音响吗？

格　非　海明威的经验很管用：写到你觉得满意的地方停下来。这样你每天都会有个好的创作心境，充满了想写的欲望。

格非，1986年发表处女作《追忆乌攸先生》，1987年凭借成名作《迷舟》蜚声文坛，1988年发表中篇小说《褐色鸟群》，其后的《青黄》等一系列作品使他迅速成为先锋派的重要代表作家，与苏童、余华合称“先锋派的三驾马车”。1994年完成力作《欲望的旗帜》，之后整整沉寂了十年。2004年，格非携长篇小说《人面桃花》重返文坛，2007年推出《山河入梦》，《春尽江南》收官于2011年，三部长篇圆满完成了他十几年前就酝酿于心中的“描述中国辛亥革命后一百年历史风云及中国社会内在精神衍变”的写作构想。

2015年，《江南三部曲》荣获第九届茅盾文学奖。

小说已死？

——对话马原

“我就是那个叫马原的汉人，我写小说。我喜欢天马行空，我的故事多多少少都有那么一点耸人听闻。”不知道在今天有多少人看了这些句子会一下子激动起来，作为中国当代“先锋派”小说最早的开拓者，与前面的金句等量齐观的还有马原的“叙述圈套”。马原从 1971 年就开始写作了，很多同时代的“先锋派”作家是看着他的作品成长起来的。1984 年他在写《拉萨河的女神》时已把叙事置于故事之上。从《冈底斯的诱惑》到《虚构》，从《西海的无帆船》到《旧死》，绝对是一代人美好的文学记忆。

从 20 世纪 90 年代开始，在其后的 20 年里，未见他有任何文字发表，其间他七七八八地做了些事情，还生了一场病，于是他便告别都市隐居十云南南糯山。这次隐居效果很好，不但病没了，又让他重新拿起了笔，于是长篇小说《牛鬼蛇神》问世。对于此书各方有种种评价，不过这些都不重要，重要的是马原又回来了，因为于文学而言他缺席太久了。

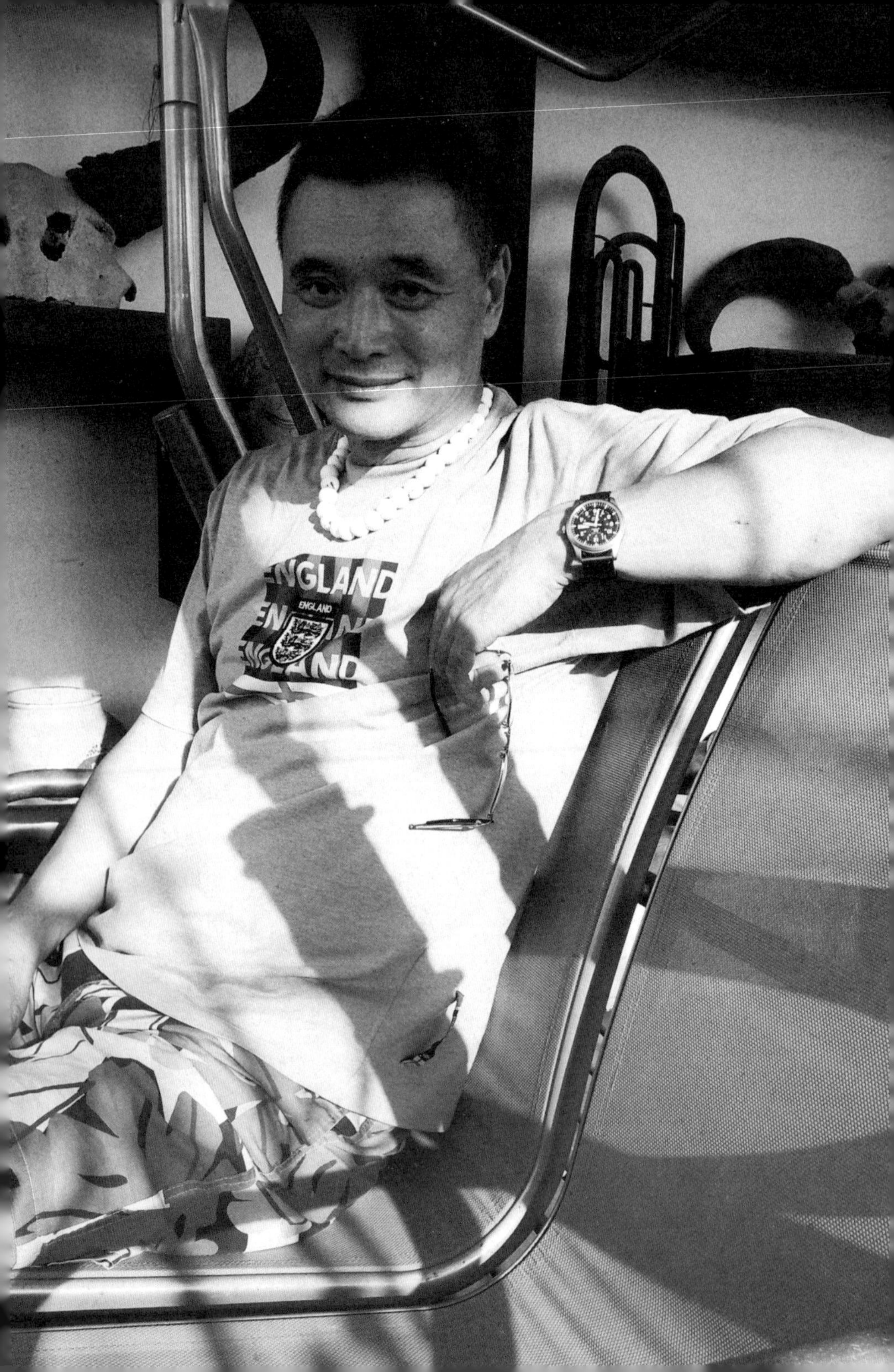
ENGLAND
ENGLAND

王逸人 马原老师您好，今天我们能有这样一个谈话的机会于公于私我都很高兴，因为我是被您作品影响过的人，《冈底斯的诱惑》《西海的无帆船》《虚构》等作品，现在回忆起来，我还心生温暖，顿珠、顿月以及藏地的麻风病村等人物和情节一直让我难忘。20世纪90年代初期，许多先锋作家驰骋文坛的时候，作为先锋派的旗手你却淡出了，后来关于你的消息，就是你说“小说已死”。王蒙听说后，说“是马原的小说死了”。这么多年过去了，你带着新作《牛鬼蛇神》又回来了，看来小说也没死，马原的小说也没死，这是怎么回事？

马　原 哈哈，我说的“小说已死”是指的纸质版的小说已经到了濒死的边缘。读图时代已经到来，读字时代已经让位给它，但是小说是个百足之虫，所以还没有彻底消失。现代意义的小说差不多也有六百年的历史了，它在19世纪有过一个世纪的辉煌，通常我们也把它称为小说的黄金世纪。19世纪以后小说的历史我们看得很清楚，20世纪初小说开始全面突围，开始向先前没有过的领域拓展，比如心理学、意识领域等等。现代主义运动兴起，在都柏林在巴黎开始了现代主义浪潮，而这些正好是一百年前的事情。为什么会这样呢，我认为就是在度过了19世纪的“黄金时期”后，小说和小说家突然找不到方向了，可以说小说的方法论在19世纪已经登峰造极，而在那些尽人皆知的巨匠之后，我们能看到霍桑、爱伦·坡这样的人已经在突围，虽然不是很明显。

20世纪初的作家们发现如果跟在前面那些大师的身后，基本都是没有希望的，所以必须要突围。而我把这样的突围看成小说穷途末路的一个先兆，此外小说在这个时候碰到了两次世界大战，在人类自身受到威胁的时候，小说这样边缘的东西被自觉不自觉地赶出了人类的主要视野。“二战”之后，小说开始重新抬头，出现了反小说的“新小说”，就是我们说的罗伯特·格里耶那些人的作品，从内容到价值把经典小说都进行了颠覆，理想与浪漫也都被赶了出去，那是20世纪50年代的事，反小说几乎影响了世界小说的格局。在那之后就是一直延续到上世纪末的更具毁灭性的黑色幽默，它的反讽和对所有经典价值报以不屑，采取正话反说的这种方式影响了整个世界，这一点在中国最突出的就是王朔的小说。

从1985年到1989年中国的小说出现了一个很奇怪的繁荣，不管怎么说在那四年的时间，中国作家是把20世纪以来几十年的小说都演绎了一遍，从“意识流”到“垮掉的一代”都十分迅速地出现在了中国。但此后出现了文学断档，读图一举取代了读字。现在就我遇到的人来说，绝大多数人已不看小说，真正是谁在看小说，我不太知道。在莫言得诺贝尔奖之前，中国重要作家每部小说的印数基本是一两万册，最多五万册。以一万计的话，中国十几亿人，平均十几万人才买一本，这个比例太微小了。所以我说纸质小说走到了它自身的历史尽头，我的“小说死了”的准确含义是在这里。

王逸人 现在的很多人可能无法想象您 1985 年《冈底斯的诱惑》发表时的社会热度，它也是您作品中我个人最喜欢的。后来我细品，那时候还是《李自成》那种拿历史人物写领袖的时代，而您的小说里已经有深重的叙事心思，故事有头无尾、多条线索交错、片段式的人生经验混杂在一起，好像你和姚雪垠等人根本就不是一个环境成长的人一样，但事实是你们就是一个大环境里生活的，可出手的差别却如此巨大，受谁的影响产生了《冈底斯的诱惑》的结果？

马　原 我现在觉得谈先锋小说没多大意思，先锋小说的提法更多是评论家写文章时用到的。的确我开始写“马原式”小说的时候，姚雪垠正在写《李自成》，姚雪垠是前辈。对小说而言他有自己的理解，而且也要说他在自己的那条路上做到了自己想做的和能做的一切。20 世纪 70 年代整个十年我都在写小说，但是发表得比较晚，到 80 年代初才变成铅字。我比王安忆、陈村、韩少功、贾平凹等同龄人发的都晚，这件事可能说明我和他们对小说的理解有些不一样，什么原因我不清楚。我觉得以前能读到的中国小说包括古典小说对我的影响微乎其微，对我影响最大的还是来自国外。我六十多岁了，可能回过头来看自己能看得比较清楚，在汉字的小说里找到让我兴奋的东西不多，后来我发现，自己一生都是个偏重形而上的人，而中国的小说从开始就摒弃形而上，应该说我算个职业读家了，但真正让我有形而上的兴奋的小说大多来自国外。可能在这个意义上我早期吸纳的还是西方小说的营养，但是在近二十年的沉寂中，我发现我还是个地道的汉人。比如我的小说里有很多有因无果的构成，这个构成其实特别中国，很多年前我就阐述过自己的小说是细部讲逻辑、大体不讲逻辑的。这方面可以解释一下，在中国的价值里可以接受“非接触作用”这样的理论的，但在西方不行，他们奉行的都是牛顿的“接触式理论”。“非接触作用”又另辟了一个“场论”出来，我的小说有这样的意味，我经常讲不同的故事，它们之间毫无关联，它们又出现在同一个时空当中。

王逸人 沉寂的二十年您干什么去了，就像《牛鬼蛇神》里写到的那样吗？离婚、到海南办什么影视公司、去上海的大学教书、再结婚，然后满世界瞎跑……二十年就这么过去了，我想如果把时间放在文学创作上，那面貌一定不一样，离开文坛是因为创作遭遇了瓶颈，写不出东西了吗？

马　原　我个人的生活状况就像你说的那样。至于创作我是 1991 年中断的，也不知出现了什么状况，反正就是突然对写小说没有兴趣了。另外，80 年代还是小说的黄金年代，到了 90 年代公众对小说的热情锐减。我觉得我全力以赴做的事情别人要是不太当回事，心里会挺没劲的，既然读者没这个热情了，我也没必要掏心掏肝地写小说了。我不是天生下来就必然要写小说的，正好利用这段时间做了一些其他的事，如果不停一停，我想我的一生也会很乏味的。

王逸人　写《牛鬼蛇神》我不知道您是什么状态，毕竟很多年不写了，闸门一开，想必很愉快。但我想问一下，先锋做派已是当年往事，写《牛鬼蛇神》是否对往昔的操作有所反思？

马　原　愉快，当然愉快。写《牛鬼蛇神》主要是因为自己得了一场大病，大彻大悟不敢说，但是感悟还是有一些的。就操作小说而言我倒想得不多，但是生过大病的人一定会直面生死，很多关于哲学的问题自然而然就要想到，这种时候马原是个小说家要想哲学，马原从事其他行业也要想到哲学。因为你已经进入生命倒计时了，剩下的时间该怎么过，怎么面对家人和朋友？所以说这个回合对我而言最大的变化可能在这里，我不太关心小说的主义，而更关心生死的命题。这个也导致了《牛鬼蛇神》出现了以前我没有的东西，就是纯粹的思辨。过去写小说是把脑子的东西赶出去，把心里的东西留下，现在一起呈现了，也算一反我先前小说的情状。

王逸人 《牛鬼蛇神》分了四卷，前三卷写了"文革"的串联、吊罗山、西藏，那些能与历史或者神仙鬼怪联系上的，把故事讲得耸人听闻是您的拿手好戏。但到了第四卷，也就是当下，我觉得就有些平淡了，很多作家写当下都是问题，是因为太切近了，可以想象的空间实在有限造成的吗？

马　原 我认为不是，这里有我刚才说的彻悟，年轻的时候，人都渴望轰轰烈烈，渴望人生的精彩，那时是一口气比命要紧。但是真正得了大病以后，突然发现"平淡"二字离心特别近，人生真正的意义就是这些看似平庸的平淡，这些已经让我非常满足。所以我用了一整卷来记录自己那豆腐账一样的生活，几乎没有起伏、没有波澜。

《牛鬼蛇神》为马原"归隐"二十年的思考。它涉及人、鬼、兽、起源、常识、真实、假象，以及人与人、人与自然、人与宗教……他近六十年体会到的神奇和诡异尽展本书。作品中的两位少年，一个成为山民、药学奇才、理发匠、冥纸工艺师傅，他虽然看起来过的是悲惨生活，却有着清晰的人生，以天生的悟性和敏感，从乱象迷雾中直抵生命的真意；另一个成为记者、作家、制片人、大学老师，混迹于大千世界，始终在混沌迷蒙之中，在似是而非的真相中苦苦思索追寻，最终回归生命本身。

王逸人 这个问题我不知道正好您也给解一下惑吧。小说的每一卷都是第三章、第二章、第一章、第〇章的排列顺序，每一章里又分成3、2、1、0等小节，感觉上有点像阿根廷小说《跳房子》，我阅读时思考你这样排列的用意，是为了展现倒叙吗？也不尽然，很多地方就是顺序的写法，说说您的真实用意。

马　原 这是我用的一个小伎俩，就是“归零”，因为小说里有思辨的文字，我把它们都放到了0节中，零在观念里等同于无。我在用归零的方法解决读者对思辨文字的抵触，每到0节的时候，读者就知道马原要开始议论了，如果不耐烦，那就跳过去，设置这个规律就是为了让你跳过去。这个观念来自《道德经》“万物生于有，而有生于无”，在老子那里最大的数是三，所以在分卷分章分节的时候我就把这个观念带进去了，所以才会出现 3、2、1、0 的设置方法，整个目的都是为了最后归零。

王逸人 《牛鬼蛇神》的某些章节里，您直接就把从前的《冈底斯的诱惑》《西海无帆船》等段落给照抄进去了，好在我对您以前的作品有了解，一眼就能看出来，但是对于不熟悉您以前文字的读者来说，这些东西太莫名其妙了，于《牛鬼蛇神》而言，前后间故事和人物没有关联，情节也没有推进，这是什么意图呢？

马　原 你说得还不够，《牛鬼蛇神》中一共用了我以前七篇小说的段落，加起来有七万多字，全是旧作中的断片。我调查过那些以前没读过我文字的人，他们会觉得我小说整体的三十多万字都有些莫名其妙，不是这七万字让人莫名其妙。反过来倒是你们这些老读者，看过我以前文字的人，那才是真正的莫名其妙，所以这时候我更愿意那些全新的读者来看《牛鬼蛇神》。小说里最主要的角色是神和鬼，为了通神通鬼我可以到托尔斯泰、奥尼尔、加缪的作品里去找神找鬼，但那是对别人的抄袭，我抄他们不如抄自己。所以我才能在 2011 年一年的时间内把这本书完成，你可以把我以往的写作都看作是为《牛鬼蛇神》所做的准备。

王逸人 好了，下面我们谈书里的哲学。我知道您生过一场大病，是这场病让您对世界有了很多本体论式的看法吗？要不怎么会在小说里那么迫切地表达出来？

马　原　当然有关系，从个体的关心自己开始，进而发展到关心别人、关心众生，甚至想到了人类对于地球的戕害，那是深重的戕害。这些思考让我产生了几个特别大的改变，第一个就是对科学技术的质疑，我们都知道数学和物理学是科技的基础，也是人类超出其他生物的基础，这些东西都来自西方。以前我曾感慨老天不公平，给中国派来老子那样消极的智者，给欧洲大陆派去了亚里士多德和阿基米德，所以我们曾经落后很多。四十多年前我当知青的时候，所用的农业工具几乎都是最原始的，但正是那些先进的技术，那些先进的工具加速了人类对地球的破坏，而老子的观念才是人类能好好生存下去的正途。人类很自大，总以为能靠技术脱离自然的一环甚至与自然开战，最终报应只能落在自己的身上，我想这样的报应我们已经频频得见。人类有据可查的历史不过几千年，与地球形成的年份相比微不足道，别忘了犹太人那句格言——“人类一思考，上帝就发笑。”

马原，当代知名作家，曾是先锋派文学的开拓者之一，多年前即有人称“马原是作家的偶像”。1982 年开始发表作品，其著名的“叙述圈套”开创了中国小说界“以形式为内容”的风气，影响了一大批年轻作者，著有《冈底斯的诱惑》《西海的无帆船》《虚构》《上下都很平坦》等。二十年前，马原离开小说创作；十年前，马原宣告“小说已死”；“归隐”二十年后，马原带着《牛鬼蛇神》重回人们的视野。

争议与苦难

——对话阎连科

一位好作家首要的构成是才华，但这才华又不单指写作才华，有时候勇气本身也是作家的才华，可是这个勇气又不能简单地理解为“敢写”。阎连科是中国当代作家中非常独特的一位，笔者最初从《黄金洞》开始注意到他，其后《日光流年》《坚硬如水》《受活》《风雅颂》等作品向世人展现了他如此奇崛的文学图景，当然还有前面所提到的“勇气”。现实是如此的荒诞，现实远甚于你穷尽想象后的荒诞，用阎连科本人的话讲是“它是如此的扭曲而又如此的蓬勃向上”，这些都是他不尽的创作源泉。

王逸人 阎老师您好，非常高兴有这样一个机会我们能面对面地坐下来谈谈文学，寒暄的话先不多说了，我们就直奔主题吧！不管是弗洛伊德的观点也好，还是很多作家的自我经历也罢，童年对他们后来的文学创作都起到了非常大的作用。您是当今完全靠作品说话的著名作家，我想问一下您的童年是什么样，以至于有了今日这番文学面貌?

阎连科 我最初的写作也和童年时代的经历密不可分，写作的动机、素材和所要讲述的故事，都和那个阶段有非常大的关系。但是和我年龄相仿的那一代从农村走出的作家，最开始的写作目的几乎都是为了逃离土地。为了吃饱肚子、为了到城里去、为了不再像父母一样每天种地，这些想法肯定是和个人的那段经历分不开的。我开始写小说就是写这些乡村孩子的成长过程、奋斗过程，都是自己的生命写照。我正在写的《四书》里有很多关于饥饿的描写，对你这样一个年龄和更小年龄段的中国人来说，饥饿已经不成其为记忆，但对我来说是非常重要的，我青少年时期印象最深刻的两件事就是“饥饿”和“革命”，这可能是我和其他作家有所区别的地方。

王逸人 饥饿在您的经历里，最极端的是什么样子？

阎连科 小时候，我放了学回家推开门所做的第一件事永远是直奔灶火。那时的饥饿虽没到饿死人的程度，但是很多身在乡村的人都是一种无法吃饱的状况。比我年纪再大一些的人，包括我的父母，他们经历了所谓的“三年自然灾害”，他们也给我们传递了有关饥饿的记忆。到了冬天实在没吃的就扒榆树皮，加工一下就吃了，我虽然没吃过这些，但我母亲告诉我这是一种可以抵御饥饿的方法。

王逸人 您是怎么走上文学创作之路的呢？

阎连科 非常偶然，完全是为了逃离土地。我小时候上学，每个星期还只是休息一天，就这样我也必须去生产队里劳动，挣工分。当时的一个工分能挣到一毛一分钱，但一天下来我还挣不到一个工分呢，可以换算成两三个鸡蛋。另外，我住的村庄是一个乡政府的所在地，乡里的干部不用劳动，吃饭的时候进了食堂拍着桌子风卷残云，那时候感觉他们的生活太好了，长大了能像他们一样是我那时最大的目标。随着自己年龄的增长，你会发现一个普通农民几乎没有实现这种想法的可能。大概是

1974 年左右，一个偶然的机会我得知一个叫张抗抗的落户到黑龙江的知青，写了一部小说叫《分界线》，是写阶级斗争的，她就是通过修改那部小说从农场里调到哈尔滨工作了。这个事情告诉了我写一个这样的东西就有可能到城里去工作，所以我就开始写作了。

王逸人 什么时候觉得自己写得还行了？

阎连科 什么时候都没觉得自己写得还行，那期间有两三年我写了一个有二三十万字的小说，到了 1977 年，参加高考落榜了，1978 年就进部队当了兵。到了部队我还算是有点文化的人，所以就负责给连队出黑板报。因为要出黑板报我领到了彩色的粉笔，那是我第一次见到还有彩色的粉笔，在那之前我一直认为粉笔只有白色的一种。于是我就高高兴兴地用那些粉笔在黑板上写了一些革命歌曲的歌词和所谓的散文诗，后来被部队的教导员看到了，他觉得我的字写得还不错，就问我以前干过什么，我就说自己爱好文学写过一些小说，这就给他留下印象了。1979 年，他推荐我去一个军内在武汉的文学创作学习班，在那里我才知道了有个刊物叫《人民文学》，还有一个叫《解放军文艺》。回部队之后我写了一个短篇小说，在武汉军区的一个叫《战斗报》的报纸上发表了，算是我创作的开始吧。

王逸人 一路走下来，中国的作家也好，世界的作家也好，哪些人对您起到了很大的影响？

阎连科 最初影响我的是19世纪那些批判现实主义的作家，巴尔扎克、托尔斯泰等。除了他们之外影响我写作的人是在不断发生变化的，比如日本的川端康成、安部公房等，后来才是海明威、福克纳、卡夫卡、马尔克斯等等，他们是20世纪90年代初对我产生影响的人。但是说到对卡夫卡这样的人产生深刻的理解也不过是十年前的事。在拉美文学里，胡安·鲁尔福的《佩德罗·巴拉莫》真的把人鬼之间、阴阳之间的一些东西彻底打通了，他对我的写作是产生了直接影响的。

王逸人 您的小说我读过的不少，可以说“苦难”是一个主要的主题，但是如果您一天到晚陷在苦难里，现实的生活会明媚吗？

阎连科 我是那种能把写作和个人生活清晰分开的作家，有那种二十四个小时都沉浸在文学里的作家，但是我是那种坐在书桌前是一个世界，离开后又是一个世界的人。我也说过写作对我来说并不是一件愉快的事情，因为我要不断去表达那种有疼痛感的东西，这些疼痛感会带给我另一种痛苦，但是离开了那张桌子我更喜欢和朋友们喝茶聊天，这种调整能力我还是具有的。我每天的写作时间基本是上午，写完自我规定的两千多字，我就迅速离开书房了，我想这也是职业性的必要吧。

王逸人 您笔下的世界有一种荒诞感，是什么让您养成了这样一种认知观呢？

阎连科 你让我说这样的东西是哪一天开始养成的，这个问题很难回答。我写作《日光流年》之后，文学观和世界观发生了很大的变化，但是我真的讲不清楚这个变化是如何而来的。我是属于那种比较信宿命的人，也常问自己这个世界怎么会是这个样子？后来我也检讨自己，这可能和我年少时父亲离开得早，我没有安全感充满了焦虑有关。那时我满是对于死亡的恐惧，饥饿可以改变，革命也可以改变，但是死亡却无法改变。

王逸人 20 世纪 90 年代我连续订过几年的《收获》，我记得很清楚，那时您有一批中篇小说，比如《耙耧天歌》《年月日》等连续出现在上面，但是给我印象最深是《黄金洞》那个中篇，我记得发表这篇小说的那期《收获》基本就是个白皮的封面。

阎连科 对，那大概是 1992 年吧，具体时间我也有些恍惚。那个阶段的《收获》是一个很辉煌的文学杂志。《收获》对我的帮助是相当大的，这个杂志和其他的文学杂志在那个时期不太一样，它更纯粹更权威一些。在《黄金洞》之前我已经在《收获》上发了四五个中篇，而且基本都是头题，《黄金洞》后来得了“鲁迅文学奖”。我也很怀念那个时代，那时大家整体对文学还保有一定的热度，但今天是完全不同了。我还算赶上文学的末班车，当年洪峰写了一个《瀚海》出来，有多少人为之兴奋啊，现在的情况可能是写十个《瀚海》也不会有什么热度。

王逸人 后来您的《风雅颂》闹出一场笔墨官司，是怎么回事啊？一会儿说您诋毁北大，一会儿说您诋毁知识分子的。小说的主人公在大学里教授《诗经》备受冷落，后来跑到精神病院里去讲倒是大受欢迎，的确挺“险恶”的。

阎连科 这个小说出现时，我已经到了不管写什么，都会有人非常不喜欢，当然也有人非常喜欢的阶段。我最没争议的小说是《日光流年》，接下来的《坚硬如水》不断地被人争论，接下来是《受活》，《受活》又有不同的不喜欢的声音。《风雅颂》是因为直接写了教育或知识分子，可能觉得我对他们没有那么尊重，嘲讽过于尖锐了。另外，小说的荒诞手法可能让大家一下子无法接受，但是走过了《风雅颂》之后，你的小说不荒诞了，可能大家也无法接受了。

王逸人 什么时候发现使用荒诞的手法来写东西，是比较适合自己的？

阎连科 《黄金洞》里我使用的是一个傻子的视角，是一个傻子看待世界的感受，如果说这是荒诞的初体验，那么到了《年月日》的时候，荒诞已然被放大了很多，但这种荒诞有一种美感和寓言性，其实我也是一点一点向前走，被某些东西推向了极端。这样做的结果有两个：一个可能是引起读者的不习惯，另一个是让读者记住了你。当这种手法成为我最重要的文学元素之一的时候，读者可能需要一个适应的过程。小说不光需要作家敏感，而且还需要强大的内心，因为有时需要用文字来对抗这个世界，这不是有多大力气有多好身体的事情，别人如何骂我批判我，认为我的文学该是这样，而不是那样的，我可能都不会放在心上。作家要坚信一点，在写作中你可以战胜不了别人，但是必须战胜自己。可现实是很多人连自己都无法突破，却喊着要去突破世界。人只有在正视自己后，才能正视世界。

王逸人 下面我们来谈一谈我最感兴趣的《受活》吧。我买的那本《受活》后面的还没看完呢，前面的已经成"活页"了，不知为何装订那么糟的一本就被我摊上了。首先我感兴趣的是，那样的一个由侏儒、瘸子、瞎子、哑巴等残障人组成的村子是怎么酝酿出来的？

阎连科 《受活》是 2003 年开始写，2004 年出版的，这里面的一条主线是主管受活村的县长为了发展当地旅游，要去俄罗斯把列宁的遗体买回来。这个想法来自苏联解体的时候，很多当时的报纸争论列宁的遗体该如何处理，这个事情让我很受触动。而受活村的原型是在2000年左右，我的一个同事很偶然地告诉我湖北武汉有个“盲人村”，它是在城里的。当他告诉我“盲人村”的时候，我突然感觉到它和前面我多年一直念念不忘的“列宁遗体事件”能很好地联系在一起了，最基本的构思也就完成了。那个“盲人村”的形成好像源自于20世纪50年代长江发洪水，当地动员“青年突击队”在江堤边安放混合了石灰的沙包，石灰遇到水迅速地起了反应，热气升腾上来，蒸着人们的眼睛，几个来回下来，人的眼睛就被蒸坏了。后来我就把明朝的人口大迁徙事件作为村子形成的背景了，当然这是虚构了，但是“盲人村”也让我非常震惊了。现实永远比我们穷尽想象后所得的还要神奇得多。我经常说不管你的想象力有多么丰富，都没有现实生活本身丰富；你以为你写得有多么的荒诞，但现实生活本身比你写的还要荒诞。

王逸人 《受活》里面写到了太多的折腾，有异想天开购买列宁遗体的，有为了筹钱而组织两支残疾人“绝术团”的，还有那个自我无比膨胀，没死就打算将来把自己的遗体摆在列宁身边并用金子写好了“永垂不朽”的县长柳鹰雀，这东西您到底打算要解构和折射些什么呢？

阎连科 故事也好，思想也好，它们都有一个原点，这个原点非常有意义，那么这个小说无论往哪里走或走到哪儿，都是非常奇特而深刻的。列宁是社会主义阵营的鼻祖，买他的遗体所能提供的意义，很多都是说不清的。而有残疾的受活人在村子里一直生活得很好，可是我们这些所谓健康人在外面却生活得很残疾，又有很多意义都说不清了，小说里有很多二元对立的东西，正常人和残疾人的对立，乌托邦和反乌托邦的对立。小说很多时候不在于写了什么，而是看那个原点让你思考到了什么，这个原点有巨大的现实性，如果你的这个原点是很肤浅的，那么你再思考也不会深刻到哪里去。我写作时并不期待谁给我一个完整的故事，而更期待有人能提供给我一个在现实里在因果关系里看似不可能的东西，这是最让我着迷的。

阎连科，1958 年出生于河南嵩县的一个偏穷小镇，1978 年应征入伍，1985 年毕业于河南大学政教系，1991 年毕业于解放军艺术学院文学系。1978 年开始写作，主要作品有长篇小说《日光流年》《坚硬如水》《受活》《风雅颂》《炸裂志》等多部；小说集《年月日》《耙耧天歌》等十余部；另有《阎连科文集》五卷。多次荣获国内外文学大奖。其作品被译为多种语言，是中国当代最为重要的作家之一。

文学如种地

——对话李敬泽

作为文学批评家的李敬泽曾说过："写作其实是非常孤独的事情，这是一个创造的过程。在这个过程中（作家）很难得到什么支持，别人也帮不上，只能自己面对压力。所以，作家内心都是纠结、紧张、脆弱的。我老是说要对作家好一点，他们真是把最好的那部分放到作品里了。"所以，多年来他一直以鼓励、评介新人为重，帮他们浮出水面。在一次名为"'北中国'作家文学课讲座"的活动中举办方请到了李敬泽为主讲人，他以"两个卡佛，两个道路"为题进行了课题讲授，对诸多文学现象、文学观念进行了梳理和解读。笔者也参加了此次活动，并在活动期间与他进行了一次深入的对话，本文是对此次对话的呈现，可从中管窥一个批评家眼中的文学世界。

王逸人 李敬泽先生，您好，很高兴有这样的机会和您深入探讨一些文学话题。您是大家熟知的批评家，前阵子我读了毕飞宇对话录式的新书《牙齿是检验真理的第二标准》，说实话我对毕飞宇更早的中短篇是十分偏爱的，有一个短篇叫《因和果在风中》可以说是爱不释手，没事就重读一下，因此我对他的动向还是非常关注的。在《牙齿是检验真理的第二标准》里，毕飞宇多次提到在创作上与您有思想上的火花碰撞，甚至是整夜通电话讨论文学问题，这些段落看得我心有戚戚焉。我很好奇作为批评家您如何保证自己的这份视野高度和感觉的正确呢？

李敬泽 首先我想要强调一下，大家对批评家可能容易产生误解，其实不能说批评家就一定比作家高明，那如果按这样的标准去衡量，没有什么合格的批评家。某些时候我们看生活也好，看世界也好，需要建立起一个话语的场域，这里面需要一种对话关系，也许我的所见不如你，或许我的所见和你是不合拍的，但珍贵的恰恰就在于这样一种对话关系中的张力，有了这种张力才能使我们不断有所发现，使我们的思想保持活跃，并不断冒出火花来，所以这才是要讲的要害。不是说一个批评家就可以指导作家，我那么高明自己写不行吗？所以无论是作家也好，批评家也好，都需要找到一个棋逢对手的对话者。我想作家是很孤独的，批评家也很孤独，大家都很孤独。其实我们都是受限于现成的各种想法，那么能不能把这个想法锤炼好，让它更加完善和有力，这又需要碰撞了。平常生活中也会有这种体验，你一个人天天在那闷头想，想了半天，可能你都走进死胡同里了，但还不自知，如果能有充分的对话，很多事情就会大有改观。大家通过这个对话关系能开阔思想，于文学批评者而言，我觉得这才是重要的。

王逸人 接上一个问题，您和毕飞宇的这种互动无疑是非常良性的，可这在当下文学里应该并不多见，我想问您现在作家和批评家之间最合适的关系是一种什么样貌？

李敬泽 除了我上面提到的共同建立的场域关系外，某种程度上讲我是主张并且支持作家与批评家之间保持一定紧张关系的。第一，我不认为作家、批评家天天亲如兄弟就是好事，这种亲如兄弟容易有庸俗的一面，就是说把文学放在一边，把真正的问题放在一边，只讲人情，这个没意思。第二，作为一个批评家天天当作家的吹鼓手，这也是有问题的。世界所以需要批评家，恰恰就在于他们与作家之间有一个张力，经过了批评家的阐释。实际上某种程度的阐释也是和作家之间的争论和探讨，这种争论和探讨之间，我们扩展了对于人性对于生活的认识，我觉得这才是更健康的关系。

王逸人 20世纪80至90年代，随着中国当代文学的兴起，除了知道一批中国作家外，读者也认识了一批文学批评家，比如您，还有王干老师、陈思和老师、白烨老师、雷达老师、陈晓明老师等，一定程度上是你们引导着文学的审美，很多普通读者以你们的解读作为认识基础。我想问一下，现在的中国文学批评界可堪造就的年轻批评家产生了吗？您对这样的状况怎么看？

李敬泽 出现了。某种程度上讲，我强烈地认为，批评家到我这个年龄活力已不如从前了。因为你容易被一些界定所限制，你有那么多坛坛罐罐，还有话语利益的存在。批评家这个职业最需要的是什么呢？是高度的敏锐感，因着这份敏锐有力地应对着高速变化的现实。某种程度上讲，这对批评家提出了很高的智力上的和自我修养上的要求。现在我自己都非常警惕，在我年轻的时候经常看到一些老前辈，我在内心很尊敬他们，但我已感觉到其实他们离生活很远了，他们生活在他们自己构建的阅读背景和知识经验里面。我不知道自己是否也在变成一个只生活在已有经验、知识、资源中的人，但我相信，一代一代新的批评家的出现，他们会更有力、更敏锐。

王逸人 您可否介绍一下，哪些新一代的批评家您比较认同？

李敬泽 一批70后、80后的批评家已经成长起来，比如像《牙齿是检验真理的第二标准》一书中和毕飞宇对话的张莉，人大教授杨庆祥，北大博士李云雷，还有上海的青年批评家群金理、黄平、张定浩、黄德海等。批评家和作家的成长历程是不一样的，作家的成长就靠作品，作品出来自然就摆在那儿了。但批评家写多少文章都不一定被人注意到，因为这些文章主要是发在学术刊物上的。批评家的特点是要拿到话语权的麦克风，像我这样的人现在拿到了麦克风，如无意外我还能拿十年到二十年，但我真的觉得不要老是我拿着它。

王逸人 在文学史上，我们国家有脂砚斋之于《红楼梦》、毛氏父子之于《三国演义》、金圣叹之于《水浒传》的经典批判；尤其是脂砚斋批的《红楼梦》，读完了才明白曹雪芹在字面下埋设了太多东西，很多东西你不看脂评根本不知道。我想问一下，这些前辈同行对您的影响有多深？

李敬泽 我想我是深深受到了他们影响的，他们教给了我对批评家职责的认知，批评家到底是干什么的？这个世界为什么需要批评家呢？你可以设想一下每年中国会出版多少小说，世界会出版多少小说，但我们知道90%是很平庸的，一定会被时间遗忘。你批它也好，不批它也好，它都会被时间遗忘。而批评家被需要的根本或文化的职责是确认好的东西，因为伟大的作品不仅仅是写出的，也是读出来，还是批评出来的。正是由于有了曹雪芹同时出现了脂砚斋，以及后边的胡适、俞平伯等一代一代红学家反反复复地读，扩展它的意义，阐释它的意义，才使得一个写在两百多年前的作品，现在读来依然能和我们贴心。

王逸人 我很喜欢充满作者灵气和智慧的文学作品。但说句实话，我很久没有被中国的文学震惊一下了，上次被震惊应该是李洱的《花腔》，我记得就是你们人民文学出版社出的吧，也有十多年了吧，我的阅读可能比较有限，您能告诉我这期间有类似《花腔》品质的小说出现吗？

李敬泽 你的文学趣味原来是这样，在这个问题上，我们探讨可能永远不会有结果，因为文学都是立足于个人判断和个人趣味之上的。同一部小说你喜欢而他不喜欢，也没有办法。你不喜欢我也不能说服你，《红楼梦》到现在也有人不喜欢，这个是没有办法的事情。但是你说你喜欢李洱的《花腔》，按我的理解，那是你觉得文学需要有一定的难度，对智力要有挑战，但这只是你或一部分人的看法。我们这个时代很多读者，他们对文字的要求恰恰是无难度的，包括很多网络文学，读者的诉求是别让我用脑子，用脑子我会很生气。但是话又讲回来，我特别赞同你的观点，我们恰恰需要的是一个难度的认识和表达，就是这个作品对你构成了挑战，你看完真服气了，真觉得这是我没有想到的。其实我也认为，这是文学能够在今后这样一个多媒体时代继续生存下去的根本价值。最重要的问题在于我们的作家能否有能力继续呈现这种有难度的认识和表达，我觉得这一点才是对这个时代文学的重大考验。

王逸人 您说过这样一段话："文学如种地，是文化的基础门类。种地能挣多少钱？但不种地行吗？"我看了以后挺感慨，是的，这个比喻挺贴切，种地可能挣不了多少钱，但是这里面天不藏奸啊，而且培养劳动美德，远离不劳而获，这"不种地行吗"之问听着很有使命感的样子。

李敬泽 任何事情做到最后，都是有使命感在支撑的。拿文学来证明，如果你没有一个文化使命在心里，仅仅拿它当一个谋生手段的话，那么请问文学是什么好的项目吗？真不是。其实各行各业，甭管你是干什么的，好不好的分界点可能就在于你是不是真的把它当成一种有意义的事儿去做。比如做豆腐，多平常的一件事，在日本我曾经参观过一个豆腐店，那个店把我吓到了，从江户时期一直做到现在，每天做豆腐都像一个庄严的仪式一样，我感到他们真的认为这件事有意义，所以豆腐做出来自然也就好，而我们现在于这种精神有多缺乏。

王逸人 您从前主持过《人民文学》这个很著名的文学杂志，在编辑过程中你觉着这个时代自由来稿中“会写”的人多吗？

李敬泽 应该说在这方面我并没有今不如昔的感觉，不管是古代还是现代有才华的人永远是少数，没有任何一个时代所有的人都可以写出好东西来。那么，从一个编辑角度来讲，实际上就面临着在众多的人中发现那个真正有才华的人的考验，所以，我倒不觉得会写的人过去多现在少。现在一样有很多有才华的人，在不缺吃不缺穿的前提下去做一件事，我认为这一点大家应该特别注意，因为文学和艺术就产生于闲暇。只是很多文人有坏毛病，就是觉得世人皆醉我独醒，全世界就我高明，你天天抱着这样一个看法活着，那你一定是看哪儿都不顺眼。有的时候我们需要谦卑，很多文人从来没有学会谦卑。他们只会对权力谦卑，但没有学会对世界对生活谦卑。其实在这个社会上我所知甚少，我没那么高明，在很多事情上我比不上楼下那修鞋的大爷，甚至对生活的洞察和智慧上，我都比不上他。我觉得这也是很正常的。

王逸人 几年前郭敬明的《小时代》也曾出现在《人民文学》上。在人们传统印象中《人民文学》一直是高大上的刊物，一直是端着架子的，怎么能把他的文章发在上面？

李敬泽 发郭敬明稿子这事我觉着挺好，时隔这么多年了你还会提这个问题，就说明他的稿子该发。对一个刊物来讲，它的文化空间永远高大上、永远那么端着架子也是有问题的。有时候我们就需要破一下，某种程度上讲郭敬明的问题不在于他的作品的好坏，而在于他是一个重要的文化现象，这一点我想现在大家已没有争议。后来想想这也是我当《人民文学》主编期间干的不靠谱的一件事，一个刊物不能太靠谱，这个不太靠谱我是指要有一种开放性的心态。面对着文学以及文化的种种新的变化，我们需要做出反应，在这方面，我的看法是哪怕做出不恰当的反应，这也比不反应好，也比假装这东西不存在要好，至今我也没觉得这是多么大逆不道的事。一个杂志也好，一个文化人也好，都需要向着新鲜的人类经验不断开放，你要应对它，而不是就这一亩三分地的高大上立一道墙把它围上，这样你的这个所谓的高大上也是守不住的。

李敬泽，著名文学批评家，1964 年生于天津，1980 年考入北京大学中文系。1984 年毕业后在《小说选刊》

工作，任《小说选刊》杂志编辑，1990 年调至《人民文学》杂志，历任《人民文学》杂志编辑，第一编辑室副主任、主任,《人民文学》杂志副主编。20 世纪 90 年代中期开始批评写作，1998 年加入中国作协，2014 年 2 月任中国作协副主席。著有《颜色的名字》《纸现场》《河边的日子》《看来看去和秘密交流》《冰凉的享乐》《读无尽岁月》《见证一千零一夜》《青鸟故事集》等文集。

新伤痕文学

——对话卢新华

从文学史上看，在“文革”结束初期，形成的第一个文学风潮就是“伤痕文学”，这一流派是以作家卢新华的小说《伤痕》得名，这篇小说发表于1978年8月11日的《文汇报》，它让卢新华一举成名。在此之前，1977年的《人民文学》上发表了刘心武的《班主任》，这篇小说同样让刘心武一举成名。其后还有陆文夫的《献身》，冯骥才的《铺花的歧路》等作品纷纷出现，这些作品共同构成了这一文学潮流。其实，“伤痕文学”中的一些作品在今天来看可能已非常普通，但凡事不能脱离历史的背景，当年能如“伤痕文学”一样不再以“假大空”的手法写小说已是巨大的进步，同时“伤痕文学”也让很多读者从精神上得以觉醒，因此“伤痕文学”也有不小的历史作用和历史价值的。作为开风气之先的卢新华，后来远赴美国，但他并没有离开文学，在《伤痕》发表35年后，他又出版了长篇小说《伤魂》。

王逸人 您在二十四岁时以一篇《伤痕》蜚声文坛，开“伤痕文学”之先河，从此卢新华这个名字就总是和《伤痕》、“伤痕文学”联系在一起。您的新作品《伤魂》与《伤痕》有哪些关联？在您看来，《伤魂》跟20世纪70年代的《伤痕》和随之兴起的“伤痕文学”有哪些异同？

卢新华 我在《伤痕》之后的每一部作品，人们都习惯了要问我和《伤痕》有些什么联系。的确，我虽不能说这些作品在外在的形式，甚至故事的内容上和《伤痕》一定有什么直接的联系，但我不能否认，它们和《伤痕》确实有着内在的一脉相承的精神联系。

《伤痕》之后，我从来没有放弃过对那个时代所产生的巨大伤痕的原因进行探索和追究。因为我知道，一个民族要避免再经受这样巨大的创伤，唯一要做的便是寻找出造成这种伤痕的内在病因或病根，才能有针对性地开出医治和预防的药方。一种伤痕的产生绝不会只有一两个单纯的原因，人们囿于自己所处时代视野的束缚和限制，常常只能看到那些漂浮在表层的因素，而忽略了沉淀在历史深层的精神——思想和文化的因素。历史不仅仅是纵向的，同时还是横向的，每一种因素也不可能像军人列队出操一样，全都整齐有序地排列着，而是互相纠缠和拥抱着，你中有我，我中有你，我扼杀你但也成全你，你成全我但也扼杀我。我在《伤魂》一书的扉页上写了这样一段文字：“先乱其神，再夺其魂，能不痛乎？能不伤哉！”其实这不仅是对主人公龚合国精神生活线索的梳理，也是对从“伤痕”到“伤魂”这样一段民族心灵发展史的梳理。

王逸人 《伤魂》主人公身上融合体现了很多现代人的通病，对各种物欲、权力、财富的欲望和追求，您将之视为现代人的“新伤痕”，您觉得这些“新伤痕”的特征和产生的原因是什么？有什么好的“疗法”推荐？

卢新华 人有五欲，财色名食睡。如果我们将龚合国的个人历史划为两段来看的话，前半段的特征可以用“嗔恨”或仇恨来概括，那个时代里，阶级斗争主导了人们的精神生活，这种理论的持续发酵，最大限度地激发了全社会的嫉妒心和仇恨心，以至于破坏了人和人之间和谐相处的关系，并使“战友”成为“冤家”。而后一个阶段，全社会的物欲横流也极大地激发了龚合国心中贪欲的种子，使其一步步走向不归路，且失魂落魄。从这一点而言，他既是一个真实存在的人，也是我们社会和时代的一个缩影。如果要我提供疗救的办法和开药方的话，我只能说，我们每个人都必须对自己时时耳提面命：“放下屠刀，回头是岸。”

王逸人 《伤魂》的主人公龚合国可以说是一个懂得“揣摩术”的人，并且在中国传统文化的影响下，自创了一套“龚氏频道”，并利用这套“频道”理论来经营人际关系。您对此赋予了哪些用意？以及这种“频道文化”的现实意义是什么？

卢新华 首先，“揣摩术”“频道论”，是现实生活中一直存在着的一种为人处世的哲学。可以说，凡是有人群的地方，就会有“揣摩术”和“频道论”。“龚氏频道”则是将其结合了中国社会的现实以及人类科学技术发展的成果（收音机、电视机等），并有所继承、发展和创新罢了。从这一点上，“龚氏频道”确实具备了中国特色。此外，“龚氏频道”很鲜明地脱胎于中国古代法家、兵家、纵横家、阴谋家的思想和谋略，龚合国所以能将其活学活用，也离不开时代大背景的包容、支持和推波助澜。与此同时，作为“术数”的“权谋”文化在主流文化落荒而逃地退出历史舞台后，却在一切领域大行其道，结果乱了此龚合国的神。所以，为个人想，为民族想，为国家想，为后代想，我们对于这样一部分文化也必须认真加以批判和清理，取其精华，弃其糟粕……

王逸人 《伤魂》这部小说里有不少黑色幽默和看似荒诞又十分合情合理的故事情节，读起来会让人联想到契诃夫、莫泊桑、陀思妥耶夫斯基、鲁迅等，有种“传统”文学特有的味道，它像古董一样低调却散发光辉，这部作品是在向那个时代致敬？

卢新华 是的，你说得很对。这部小说里确实存在不少黑色幽默和看似荒诞而又十分合情合理的故事情节。但大部分都不是我刻意为之，而是生活本身所规定和提供的。我很喜欢以上你所说的这些中外作家，不仅过去、今天乃至将来，都会向那一个时代致敬！那个时代言之有物的犀利文风也是我永远学习的楷模。

王逸人 从《伤魂》可以看出您的写作态度很严谨，和20世纪30年代的文学家文风很像，您坚持这种写作态度的深意是什么？

卢新华 用鲁迅先生的话来说，就是“揭出病苦，引起疗救的注意”（大意）。我有时会觉得自己就是一个在江湖上行走的“郎中”，以“治病救人”作为己任。当然，既然是要治病，我在揭出病苦的同时，就会努力寻找病因和病根，并试着开出自己的药方。所以，如果非要我对自己、亲朋好友们，以及我们这个时代开出一服药方的话，我会劝说国人：既不能“存天理去人欲”，更不能“存人欲去天理”，而必须“合天道，衡人欲”。

王逸人 《伤魂》主人公龚合国可以说是“一个充满喜剧色彩的悲剧人物”，这和鲁迅笔下的阿Q很有异曲同工之妙，一个陶醉于“精神胜利法”，一个沉湎于“龚氏频道”，对大时代背景和历史人文环境下人性的扭曲有着高度的概括和抽象，且又有着鲜明的个性特征。从这个角度讲，我们是否也可以将《伤魂》中最后丧魂落魄的龚合国看作“新时代的阿Q”？

卢新华 文学圈里确实有朋友对我这样说过，龚合国就是今天的“阿Q”，或者说是“老Q”。鲁迅先生在“五四运动”主要打倒孔家店的时代风潮中，侧重谈到并以小说《狂人日记》《祝福》等文字批判和声讨了传统文化中儒家虚伪的仁义、道德说教，并认为“仁义、道德”可以“杀人”，可以“吃人”。但那时他也许还没有来得及深究，其实中国传统文化中法家、兵家以及阴谋家的文化也同样“杀人”“吃人”，甚至“杀”得更多，“吃”得更多。因为这一部分文化在“五四”时代没有得到认真的清理或清算，使之不仅成为“漏网之鱼”，其后还一直有发扬光大的趋势。

鲁迅先生当年曾有一句名言：“中国人向来喜欢瞒和骗，因此也生出瞒和骗的文艺。由这文艺，更令中国人陷入瞒和骗的大泽中，以至于不能自拔。”我的体会，中国人所以喜欢瞒和骗，主要还是源之于中国传统文化中法家、兵家、阴谋家这一部分文化和思想的一代又一代潜移默化的污染和熏陶。巴金先生在生命最后的旅程中曾一直反复强调“说真话”。其实，不对传统思想文化中的这一关键部分——我称作“术数文化”或“权谋文化”——认真加以清理，我们千百年后仍然一定还会习惯于不说真话，并会让“瞒天过海”“暗度陈仓”一类的“权谋”精神，更全面和深入地渗透和融入我们民族的血液和灵魂。

王逸人 几位著名作家如刘心武、丛维熙等，都是同时期从“伤痕文学”里走出来的，但他们都不再写“伤痕文学”，您觉得是为什么？对此您有何看法和评价？

卢新华 刘心武和丛维熙都是我十分尊敬的前辈作家，我也很喜爱他们的作品。但至于他们为什么不再写“伤痕文学”了，我确实一无所知。但不管他们因为什么原因不再写了，我都十分尊重他们的想法和选择。我也想说，其实，有时不写也是一种写。

王逸人 您这本书的写作手法比较传统，面对大众文学越来越网络化的当下社会，您是否还坚持这种写作风格和态度，还是也会随着时代的变迁去尝试新的写法和题材？是否担心文风与当下读者的阅读习惯不符？

卢新华 一个作品的文风主要由作品的内容决定。我这部作品的基调是要伤悼一个乱神丧魂的时代，所以我必须选择一种比较严肃，却能字字、篇篇让人有足够回味的余地的文风。我并不担心这样的文风会与当下读者的阅读习惯不符。因为我相信一切言之有物的东西一定能在广大的读者群中寻得它的知音。当然，如果将来我想写一些比较轻松的作品，我也会努力去为它选一件适合它文风的着装。

王逸人 您曾说过“伤痕文学”是短命的，那么对于这次所作的“伤魂文学”或者说“新伤痕文学”的努力，您有何期待？

卢新华 我很早之前确实说过“伤痕文学是短命的”这句话。但并不是如许多人所想的——作家们不愿去回顾和舔舐那个时代的伤痛，或者对那个时代越来越“兴趣缺失”，而是因为历史还没有提供一个大的思想氛围，去鼓励和支持作家们努力探索和反省，要从思想、文化、历史、传统、民族性、东西方文化的相互影响和渗透等方面，去探索造成那个历史时代的巨大伤痕的各种深刻的内在原因和要素。

另外，“伤痕文学”要进一步发展，也需要从简单的揭示和控诉，走向更深层次的剖析和挖掘，这就必须经过一段自身的反省、沉淀和蛰伏的时期。所以，从这个意义上，“伤痕文学”又不可能是短命的。它的“花一样年华”的“短命”，只是面对现实的一种无奈，同时又不能不做出暂时性妥协所营造出的一种假象。一如“野火烧不尽，春风吹又生”。“伤痕文学”一定还会以自己的崭新的面目重登中国文学艺术的圣殿，但那时，它可能已经完全区别于旧有的在许多方面表现着克制或者说“欲说还休”的特征，因为它注视的目光，已经投向更深远的历史的空间。它的手虽然依旧抚摸着社会和个人外在和内在的伤痕，但它的思想的触角已然越过浮光掠影的现实而直达一切现象的本质。一句话，不仅要揭示出病苦，还要找出病根，并尽可能给出它经过深思熟虑而得出的疗救的措施和建议。当然，那时候它也许不再叫“伤痕文学”，而有了一个更贴切的符合它自身特质的符号或标签。

王逸人 听说《伤魂》在出书之前曾在文学圈内小范围传阅，而且，很多读到这部稿子的人，其中包括一些文学评论界的“大腕”，都以很“震撼”来表达自己的观感。您认为您这部作品的震撼力究竟源自哪里?

卢新华 罗曼·罗兰说过，一切出自内心的才能深入内心。如果说这部书能够让人“震撼”，首先是因为我所处的时代的种种镜像和因缘曾经深深地“震撼”了我的心灵。而我通过这部《伤魂》所折射出来的“震撼”，自然也会感染到那些和我在精神上同气相求，甚而同病相怜的人们，以至于他们和我一样在笑时也会感觉着痛，在痛时又会感觉着哀伤，在哀伤时心灵则受到强烈的震撼！

卢新华，著名作家，1954年生于江苏如皋。1978年考入复旦大学中文系，同年8月因发表一部反思“文革”的小说《伤痕》而一举成名，掀起了“伤痕文学”的思潮，引领了中国新时期的文学。三十五年后，卢新华携新作《伤魂》归来。

父亲与民国

——对话白先勇

白先勇先生是台湾著名作家，笔者对他的文字多有涉猎，比如《台北人》，比如《孽子》，比如《树犹如此》，而作为白崇禧将军的儿子，这位民国老公子自己也是历史的当事人了。每当钩沉出某些历史著名的人物，他总是能够对答如流，比如蒋介石怎么怎么样、比如宋美龄怎么怎么样、比如李宗仁怎么怎么样、比如于右任怎么怎么样……于历史而言，你既可以提问宏大叙事，又可追索细枝末节。

对中国近现代史有一定了解的读者一定会知道 1946 年的“四平战役”，参战双方是“东北民主联军”和“国民党军”，那是一场非常惨烈的战争，而双方最高的指挥官分别是林彪和白崇禧。几年前，白先勇先生曾特意跑到“四平战役纪念馆”，兴致盎然地观看了整个展览，留下一串喟叹。

王逸人 非常荣幸今天有这样的机会，我们能安静地坐下来进行一次对话。众所周知您是台湾的著名作家，如果说这个属性是后天的，那么作为国民党高级将领白崇禧的儿子，这个属性则是先天的了。我有个发现不知正确否，就是您以前搞文学的时候，似乎有意无意地回避您的那个先天属性，但这几年，您年纪大一点，作品里反而更多地提到白崇禧将军了，这样的转变所为何来？

白先勇 我有一本小说叫《台北人》，这本小说很多篇目背后都有个历史架构，就是民国史。在我的潜意识里，我用文学的笔法来呈现那段历史。近十几年，我一直想替我父亲写传，希望还原我父亲的历史，给他一个公平的论断。我也看到关于我父亲历史的一些书，有些作者是人在“江湖”，身不由己，观点方面有些是值得商榷的，还有一些是对历史有曲解。我想凭我自己了解的、知道的为父亲写一本传，这不是偶然的，是酝酿好多年了。我一直希望有一个公平的历史学者来替我父亲写一个传，因为我不是学历史的，所以写起来很吃力。可是等也等不到这样合适的人出现，所以我就自己动笔了。

王逸人 我在您的著作《父亲与民国》一书中，读到署名白崇禧将军的两篇文章，一篇是 1928 年“北伐”之后，致民国政府的“建议西北国防”的电文，另一篇是 1940 年“昆仑关战役”后为阵亡将士题写的战役经过。我是逐字逐句读完的，读完后的感觉就是文章写得真的很不错啊，如果这两篇文章不是出自秘书之手，而是白将军亲自撰写，那真是让人佩服了，白崇禧将军从小受到的是什么样的教育？

白先勇 那两篇文章是我父亲写的，他古文还是很有根基的。他从小念私塾，背四书五经，上了年纪后，他还能成段背诵出《史记》。他还常常替人写对联，或者是题题字。他的文笔是非常好的。您能提到“建议西北国防”电文我很高兴，我觉得那封电报非常重要，因为我父亲是最后一个完成“北伐”的人，他在平津一带善后的时候，北伐军将领在南京开会，准备裁军。当时四个集团军，第一个蒋介石是总司令，第二个是冯玉祥，第三个是阎锡山，第四个是李宗仁，跟我父亲一起。对于裁军，我父亲认为裁兵容易裁将难，一个弄不好就容易惹起兵祸，后来果然发生“中原大战”，所以还不如将这些士兵屯边。他是边防专家，他在保定念军校的时候，专门研究过边防。他认为，当时中国有两个大问题，一个是西北，一个是东北。西北那边有信仰、石油等方面的问题，会导致一些事情发生。我父亲认为倒不如让他领着军队去屯边，并且他有一套治疆蓝图，比如公路和飞机场建在哪里都已有谋划。他对左宗棠治疆史有研究，对古代张骞、班超也很敬佩。

有人说我父亲是桂系军阀，我觉得不严谨。我认为，军阀是只顾着自己地方的小利，而不是放眼全国。但我父亲不是这样的，他很早就对国家的将来有长远性的考虑。“北伐”结束，北方统一以后，国民革命军很受欢迎和期待。我父亲带兵进北京的时候，人民夹道欢迎，清华大学还有北京女子师范都请他去演讲。我父亲很喜欢看书，这个习惯到老年时也一直保持着，他不光是读古书，对于与科学相关的知识也非常感兴趣，他认为欧洲的崛起与科学是有直接关系的。

王逸人 有时我觉得历史真是一种偶然，看您在书中提到您父亲最初离开广西桂林去参加辛亥革命时，家里是派了人在队伍所经过的城门口准备拦截的，可您父亲是绕到别的城门跟着队伍走的。我就想，如果当时他被拦回家去，中国的现代历史有很多页就不是那个面貌了，对此您怎么看？

白先勇 当时我父亲如果被家人拦回去，我觉得他最有可能在当地当一名教师。的确，一个人的一生有一些偶然的事情是起决定作用的，他参加辛亥革命、武昌起义，进入了民国历史，所以改变了他的一生。

王逸人 白崇禧将军后来被称为国民党军中的“小诸葛”。卢沟桥事变后，中日大战爆发，白崇禧将军到达南京，日本的报纸标题是《战神莅临南京，中日大战不可避免》，我觉得他完全是一位智谋型的军事将领，您觉得他在军事上的才华，是后天的学习造就的，还是属于有天生的禀赋？因为您是作家，应该清楚，文学艺术，除了习练之外，那个禀赋是很重要的，没那个禀赋很多“槛儿”是跨越不过去的。

白先勇 我父亲在国际上的声誉是很高的，他过世的时候《纽约时报》写了一个讣告，称我父亲是国民党里面最杰出的军事战略家。当然作战经验是与学识和修养有关系的，但军事才能也是需要禀赋的，包括判断与思维方式，我相信父亲在这方面是有长处的。他看一个事情往往看得远、看得广，判断非常准确。我父亲曾自豪地对我说，军队规模越大，他越能自如地指挥。还有，带军有一种兵随将转的现象，什么将领带出什么样的兵，他能激励起士兵的士气，让士兵在心里对他有信任感。我父亲的确在北伐、抗战中打了一些很出名的仗，参加过台儿庄、昆仑关这些战役，这都是恶战，而且是重要节点。在军队里判断一个人是不是杰出的，就看你是不是打过一些有名的仗。

王逸人 下面是让我对白崇禧将军肃然起敬的历史阶段，那就是抗日战争时期的“台儿庄大捷”。李宗仁将军和您父亲率领国民党部队击败强敌板垣与矶谷师团，这一仗让全民族士气大振，国际上也对中国刮目相看，白崇禧将军有没有单独和你谈过，作为指挥官他是如何描述“台儿庄大捷”的？

白先勇 我父亲跟我讲过当时的情景，打得很惨烈。我父亲到前线去鼓励士气，他跟李宗仁一起部署的战略，那次他和李宗仁合作得很好。我父亲对我说，李宗仁是个战将，往前冲很猛的。当时台儿庄如果赢不了，就很危险了，因为当时全国的士气非常低沉、消极，都认为“国军”完了，根本无法抵挡。这场战役规模虽然不是很大，但意义不同，让世界各国对这场战争的走向进行了重新评估。

王逸人 我觉得白崇禧将军在内心是个很孤傲的人，似乎在军事上有些看不起那些身居要津的庸才，您觉得他这样在政治上成熟吗？因为自古以来中国好像从来不是一个把自己事情做好就能有所收获的社会。

白先勇 可以这么讲，他自视很高，他在军事上大概不怎么看得起蒋，因为蒋在军事上没打过一次像样的仗。但是他的涵养很好，不外露，外圆内方这么一个人，很正直的一个人，价值观上是非分明，所以他在蒋面前常常犯颜直谏，讲真话，但忠言逆耳。我觉得在政治上他也不是不懂，要不然也不能在国民党里混得那么久，只是在节骨眼儿上的时候他把国家的大事放在第一，所以宁愿跟蒋冲突起来。他为什么后来会到台湾去？他也知道到台湾要受罪的，他可以到香港和美国，可以到很多地方去，都可以的，他还要到台湾去，他是要向历史有个交代。

王逸人 我看过一些资料，对民国时期地方军的评价，曾有这样的话："黔军滇军两只羊，湘军就是一头狼；广西猴子是桂军，猛如老虎恶如狼。"好像广西兵是最能打的一群，不少参加过侵华战争的日本老兵，他们认为遭遇的最惨烈的两场战争就是"昆仑关战役"和1944年的"桂林保卫战"，而这两场战斗都是以广西兵为主的，据您了解，事情是否这样，那么广西兵为什么那么彪悍呢？

白先勇 有几个原因，第一是历史上的原因，比如太平天国在广西人来讲是光荣历史，他们以三万人起家从广西打到天津。第二，广西当地本来民性很彪悍。我父亲在那儿主政六年，广西兵受到严格的军事训练，有"新斯巴达"之称，当时他还组织了民团，军政学统统合在一起，全省皆兵，灌输爱国思想。"九一八"前我父亲看到日本要侵华了，平时就把这种东西在军事上贯彻了。那时候，连广西大学的大学生都要受军训的，所以真的发生了战争，战斗力还是不错的。

王逸人 在您的《父亲与民国》一书中，有一段文字让我非常感慨，那就是您后来搞昆曲的那段时间，有一次您宴请了南京大学的几位教授和昆曲名家张继青。宴席是您请南大代办的，结果他们选中了离中山陵不远的“美龄馆”，那里原来是宋美龄的别墅。结果您说自己吃着吃着饭，就发现那里的环境似曾相识，后来您终于想起了1946年宋美龄曾在那里办过一个圣诞节派对，您母亲带着您和您的四哥参加了派对，很多国民党高官的夫人也带着孩子参加了那个聚会，作为孩子您当时玩得非常开心，而且觉得宋美龄有一种世人不及的高贵。也是命运的安排，几十年后，在不经意间您又回到了那里，记忆的闸门被提拉起来，往事如洪水般喷薄……跟您说，这是我认为人生中最有美感却又最受不了的东西，您遭遇的这种“却是旧时相识”的情境，恰又喝着“三杯两盏淡酒”，可是“雁过也，正伤心”？

白先勇 其实那个Party很有政治意义的，为什么开这个Party呢？是欢送马歇尔，那时候马歇尔在国共之间调停，调停一年失败了，灰头土脸要走了。宋美龄安抚他，就开了圣诞Party，就把我们弄了去，表面要冲淡政治意义，只是小孩子来玩呀，其实在安抚他。那次聚会上我见到了宋美龄，我前前后后见过她三次，都是去她家里，在上海去过她家里两次，在南京去过一次。另一次在上海见面更有意思，那一次宋氏三姐妹我都见过了。那是 1946 年的复活节，因为信仰基督教，宋美龄又开 Party，把这些小孩子又请去了，大姐宋霭龄，我们的国母宋庆龄也去了。大家一起欢聚，三姐妹跟我们一起玩游戏，到花园里找彩蛋，游戏也是美国派头，把鸡蛋染得红红绿绿的，哪个人找到最多的蛋，就有礼物，小孩子，好玩呀。

王逸人 这个问题可能有些八卦，但八卦历史或文化我倒是很乐意，以您的身份和经历，应该见过很多民国时期的文化名流，都有谁呢？梅兰芳？张大千？溥心畬？张爱玲？总之，您就说个给您印象最深的文化人吧。

白先勇 您说的这些人里我见过三个，梅兰芳我是在抗战以后在上海的美琪大戏院见到的，他演出的是昆曲《牡丹亭》里的《游园惊梦》，我跟我母亲去看他的戏，后来我做昆曲《牡丹亭》，可以说这是最初的发因。第二个是张大千，我在台湾去拜访他，又跟《游园惊梦》有关系，当时我把我的小说《游园惊梦》改成舞台剧，在台北公演，做海报，张大千有名望啊，我跑去向他求字，请他写“游园惊梦”四个字，那时他已经八十多岁了。第三个是张爱玲，我们在一起吃过饭，那是 1961 年，我刚在台湾大学毕业，已经开始写作了，有一群年轻作家朋友。当时台湾美国新闻处的处长很喜欢我们这些年轻人，他们把我们这一群人请过去和张爱玲一起吃饭，她很文艺、很高雅，也很和蔼，和我们这些年轻人交谈得很高兴，我很奇怪她一直在上海竟然讲了一口地道的京片子话。

王逸人 现在回顾一下您的文学历程，很多年前我曾看过一本没皮没尾的杂志，黄黄的，至今都不知是什么，但那期杂志的主题是“台湾现代文学”，第一个选的就是您的作品，第二个是陈映真的，我都看了，但写的是什么我忘了，我倒是记得有一个和你们名气比起来不算大叫宋泽莱的作家，他那篇小说叫《打牛湳村》。后来，书读得多了，才知道原来都是《现代文学》的那一代人！您创办它时才二十三岁，这个年龄在今天来看是刚刚大学毕业，还什么都不懂的年岁，怎么就干成了一件后来只要书写台湾文学史就绕不开的大事？

白先勇 那时候我们台大的校长是傅斯年，他曾是北大的老校长，他是“五四运动”的干将，学生领袖，有这么个校长领头，我们也想效仿搞个文化运动。年轻人不知天高地厚，于是办起了那本文学杂志。当时我们也没钱，我去弄了一点儿基金，办杂志是作者没有稿费，编辑没有编辑费，就连印刷都是自己跑，没想到一办就办了二十年，拖拖拉拉二十年，培养了一大批台湾作家，他们最初都是为写作而写作的人。我们有个办刊观点就是誓死不让文学以外的力量干涉，左也不要，右也不要，文学就是文学，尽量做到纯粹。我有一个观念，文学要是只被用来做各自立场吵架的工具，那文学就被吵坏了，文学是很孤独的，你写你的，我写我的，为什么都要写得一样？

白先勇，台湾当代著名作家，1937年生于广西桂林。国民党高级将领白崇禧之子。童年在重庆生活，后随父母迁居南京、上海、香港、台湾。1957年，入台湾大学外国文学系，改读英国文学。1965年，取得爱荷华大学硕士学位后，白先勇到加州大学圣塔芭芭拉分校教授中国语文及文学，并从此在那里定居。他在1994年退休。代表作有短篇小说集《寂寞的十七岁》《台北人》《纽约客》，散文集《蓦然回首》，长篇小说《孽子》等。其中《台北人》入选20世纪中文小说100强。2012年出版《白崇禧将军身影集》（上、下册）。20世纪90年代后大力推广昆曲，自编自导的青春版《牡丹亭》在学术界产生巨大影响，也推动了昆曲走向复兴之路。

白雪即尘埃

——对话迟子建

刘震云曾说过这样一段话："作品中最具油画色彩、浓郁生活气氛及地域特色的作家，我心目中仰慕的有两位，恰好都出自东北，并且都是女性——萧红和迟子建。"迟子建是当代中国具有广泛影响力的一位作家，她早期的小说美丽、空灵、一尘不染；同时她的作品还具有一种深深的悲悯情怀，以《额尔古纳河右岸》为代表，这部作品也荣获"第七届茅盾文学奖"。在这些自然性命题的作品外，迟子建也在坚持着都市题材的文学创作，《晚安玫瑰》是此类题材的一个代表，笔者在《晚安玫瑰》出版后与她进行过一次深入对话。

王逸人 我对您作品最初的阅读始于20世纪90年代长江文艺出版社推出的那套“跨世纪文丛”，其中给您出了一本《逝川》的小说集。在那个满眼写尽人性丑恶，比着使用写作技巧的时代，《逝川》反倒给我留下了深刻的印象，您是那么自然地书写着人性中美好的一面，以及童话式的人和大自然的关系，文字真干净，纤尘不染。请问那个时期您的这种文风是如何形成的？

迟子建 《逝川》发表于1994年，二十多年了！长江文艺出版社的“跨世纪文丛”在当时很有影响，我的那本书入选的是“第四辑”，选的主要是发表在《收获》《人民文学》《钟山》《青年文学》上的中短篇小说。《逝川》发表时，我三十岁，风华正茂。虽然那时已有在西安和北京的求学经历，生活也安定下来，在哈尔滨有了一间自己的小屋，但我满心满眼还是故乡的风景，故乡的人物。我曾说过，在大兴安岭，白雪就是尘埃了，那里每年有半年的冬天，生活严酷，但自然风景壮美。大自然滋养了我，所以那个年代我的文字，呈现了你所说的气质。但忧伤从来没有因为大自然的壮美而离开我的作品。只不过在那种年龄，人的眼睛还是湿漉漉的，看到忧伤也是美好的。

王逸人 问一个我一直很感兴趣的细节问题，那就是《逝川》里写到的“泪鱼”是虚构的还是真有原型，这种奇特情境一直记在我脑海里，渔民的女人还要把捕到的鱼放到木盆里一遍一遍安慰它们：好了，别哭了；好了，别哭了。于是它们就不哭了。

迟子建 《逝川》当年发表，著名评论家雷达先生撰文写了评论，他也提出了这个问题，果真有一种会流泪的鱼吗？后来他见到我还特别问到。我说，只要你相信，这世上就会有一种流泪的鱼！因为我在黑龙江畔长大，童年时跟大人去江边捕鱼时，看到那些被网打上来的鱼，在出水的一刻，身上有无数水滴滑落，就像落泪一样。这个画面深深印在我脑海里，所以在写作《逝川》时，就有了“泪鱼”的意象。而这篇小说的主人公吉喜，因优秀而孤苦一生，她的命运也像流泪的鱼，那么欢欣，又那么悲凉！

王逸人 有些东西许多年过后我们再回头看才能体味出来，比如把小说写得精彩，或许通过后天练习可以达到，但是要写得赏心悦目，似乎要有与生俱来的东西伴随。当然，后者我主要指您来说的，我不知道您怎么看这件事？

迟子建 写作的天分和后天的努力我觉得同等重要。一个作家在用“天分”做了文学殿堂的敲门砖后，必得通过后天的努力，才能打造自己独特的艺术城堡，因为天分是可以随着时光流逝而减淡和泯灭的。但如果仅仅是后天的努力，缺乏天分，对文字没有感知，你就是有沧桑的经历，读遍世界名著，也无法把精彩的故事演绎成文字。最初来到哈尔滨的时候，我曾做过几年文学期刊的小说编辑，看自然来稿时，我就喜欢那些天分足的作者写的稿子，哪怕它有这样那样的缺点，但是被天分照耀的文字，就有闪光点。

王逸人 几年前，我的好友顾桃导演在大兴安岭跟随那些使鹿鄂温克族人拍摄了一部非常精彩的纪录电影《敖鲁古雅·敖鲁古雅》，我不知道您看过没有，片子里那些眼睛小小，脸盘扁平的鄂温克人给我留下了非常深刻的印象，他们真是太彪悍了，这种彪悍在中国人群体里太少有了，但所谓现代文明的入侵也使他们陷入苦闷。我边看他的片子边想起您写的《额尔古纳河右岸》，反映的都是同一地区，同一民族的故事，您本人肯定和他们十分熟稔，我觉得很多人其实是生活在“人和自然的和谐关系”的这句口号里的，根本就没见过什么是“人和自然的和谐关系”，这个问题您怎么看？

迟子建 去年我见到两位做编剧的朋友，都向我推荐这部纪录片，而且送了我一张碟。记得我看完纪录片的那一瞬，忍不住泪流，这是一部震撼人心的纪录片，商业的侵蚀和一些影视人的自甘堕落，使我们这些年没有看到动人心魄的影像。所以顾桃导演的这部纪录片，令人对他肃然起敬。如果没有一颗向下的灵魂，如果没有一颗体察民族悲苦的慈心，如果没有对生命的存在表示过怀疑，如果不是这样，我想是不可能拍出这样的作品的。我对使鹿鄂温克的了解，源于十几年前，我爱人在世时，去过这个部落，回来给我讲了一些他们的故事，令我着迷。而这支部落，就在我生活的领地大兴安岭。我对那里的风物太熟悉了！为写这部小说，除了收集大量的资料，我也实地去过那个部落。所以最初小说发表后，有评论家说我虚构了一个不可能存在的部落，我的内心有股说不出的痛楚！我们生活得太贫血了，所以当真正的鲜血喷溅时，我们以为那是油漆！在我眼里，远离自然，就是跟万千生灵告别，人类会不知不觉被孤立起来，我们的心灵会走向黑夜。

王逸人 您的写作走到现在，觉得哪部作品是实现了“自我变法”的转变的？

迟子建 2005 年对我来说是写作中最重要的一年。这一年我发表了中篇《世界上所有的夜晚》，还有长篇《额尔古纳河右岸》。在那之前，我好像一直地走在芬芳的林地上，虽然日子也有闪电和雾气，但晴朗多于阴晦。可是我爱人离世这巨大的生活的变故，让我经历了人生的暴风雨，也让我双脚陷入泥泞之中。很奇怪的，当你在泥泞中跋涉时，你和大地的感情更深了，我体味着黑夜中的冰冷和凄苦，也感受着春光照向泥泞的那种温暖。

王逸人 好了，我们谈一谈《晚安玫瑰》。这本小说我很快看完了，静默中能感到那份文字的功力，不过我感觉是不是篇幅有点小了，比如生活在哈尔滨的吉莲娜当年流亡到中国的那些历史，包括伪满时期的故事，都可以展开写的，您是基本以背景形式比较简约地交代了。我是觉得任何一个作家碰上一个让自己感到可以下笔的故事都不容易，一个八万字左右的中篇是不是有些浪费材料了？

迟子建 很多人跟你有相似的感觉，觉得不过瘾，我想这至少证明这八万字是结实的。如果它有水分，你们阅读时就会有感觉了。因为不是长篇，我不可能把犹太人在哈尔滨的那段群体的历史充分展开。而且，我是由赵小娥的遭遇，引出吉莲娜这个人物，从而撩开了那段历史的一角。犹太人的遭遇，是尽人皆知的历史，在艺术表现上，从世界来看，无论是文学还是电影，已经被写到极致了，而我的重心除了放在流亡到哈尔滨的犹太人吉莲娜身上，还有一个重要人物赵小娥。也就是说，吉莲娜不是《晚安玫瑰》的唯一主角。

王逸人 触发您创作《晚安玫瑰》的原因是什么？

迟子建 几年前，我们这儿有媒体，做了一个关于犹太后裔在哈尔滨的系列报道，引起了我的兴趣。像吉莲娜这种热爱音乐、热爱美术的犹太后裔很多。而我在哈尔滨已经生活二十多年了，渐渐熟悉和喜欢上了这里，很自然的，开始了对这座城市的熟悉。在《晚安玫瑰》之前，我已写了关于哈尔滨的一些作品，像写清王朝末年哈尔滨大鼠疫的《白雪乌鸦》，以及发表在《收获》杂志的两部中篇小说《起舞》和《黄鸡白酒》。对我来说，《晚安玫瑰》与我前述的作品，在创作情感上是一种延伸，所以很自然地写起它来。

王逸人 《晚安玫瑰》是当下题材的小说，我知道当下很不好写，起码于诗意而言不好展开，就您以前的作品而言，这是不是有点扬短避长了？

迟子建 呵呵，我的大部分作品，写的还是当下啊，也获得了一些读者的喜欢，比如《踏着月光的行板》，比如《世界上所有的夜晚》，再比如《额尔古纳河右岸》（整个下部写的就是当下）。在我眼里，诗意并不会因为你叙述的是遥远的故事而美轮美奂，也不会因为你描写的是当下而毫无光彩。欢欣中有诗意，苦难中也有；旧时代有诗意，当下也一样有，就看作家有没有发现的眼睛。

王逸人 小说里好在有个吉莲娜，这个犹太人有信仰，十分优雅，有贵族气，而现实中形而下的生活是那么不堪，多的是“我”姑姑那样的粗俗无比的东北大老娘们儿，想想都头疼。谢有顺说您写东西“不绝望”，这篇小说里您是在用吉莲娜完成这个任务吗？

迟子建 吉莲娜和“我”姑姑，出生背景不同，经历不同，她们在生活中呈现的自然是不一样的情态。吉莲娜和赵小娥都有“弑父”行为，不同的是吉莲娜完成了自我救赎，而赵小娥疯了。所以很大程度上，我是试图给赵小娥找一个“教母”。

王逸人 说实话，小说里让我心头一紧的情境是“我”的第三任男友齐德铭随身带着寿衣旅行，因为他不知道是否还有明天。现实中的每个人都那么卑微，都那么无助，他人即地狱。于此等样貌的描写，我想问一句您心中持守一个什么样的度？

迟子建 齐德铭其实是个悲观主义者，他的玩世不恭与他对生命的怀疑有关。现在很多人年轻时就置下墓穴，那么齐德铭在风华正茂的年龄备下寿衣，也就可以理解了。齐德铭更多地在意了社会出现的各种灾难，会对他生命造成的威胁，但他却没有料到他的疲于奔命，会让他“过劳死”，而“过劳死”在这个高效率快节奏的时代，是悬在人们头上的一把剑。齐德铭带着寿衣出行，时刻给自己的生命敲警钟，所以他会“及时行乐”。而当他与赵小娥有了动真情的迹象时，很不幸，警钟变成了丧钟，他与这个世界作别了。人有的时候的绝望，源自我们心里没有一盏灯。对吉莲娜来说，她有，所以她活得安然，她也靠着这盏灯驱散了她人性中黑暗的一面。

王逸人 看了这部小说，我细致地在网上检索了当年日本人与流亡中国东北的犹太人之间合作的“河豚计划”，他们想在中国东北建立一个犹太人国家。那是20世纪30年代的事，我觉得这里太有文章可做了，您可有兴趣以这个为背景再写个大部头的东西？

迟子建 暂时还没有这个想法，将来是否会写只能说也许吧。我觉得一部好作品和作家的关系如同热恋，只有作家迷上了一个题材，日思夜想，他（她）才能与这个题材水乳交融。

迟子建，女，1964年元宵节出生于漠河。1984年毕业于大兴安岭师范学校。1987年入北京师范大学与鲁迅文学院联办的研究生班学习，1990年毕业后到黑龙江省作家协会工作至今。1983年开始写作，已发表以小说为主的文学作品五百余万字，出版有八十余部单行本。主要作品有：长篇小说《伪满洲国》《越过云层的晴朗》《额尔古纳河右岸》《白雪乌鸦》《群山之巅》等，出版有《迟子建文集》四卷、《迟子建中篇小说集》五卷、《迟子建短篇小说集》四卷以及三卷本的《迟子建作品精华》。曾获得第一、第二、第四届鲁迅文学奖，第七届茅盾文学奖，澳大利亚“悬念句子文学奖”等多种文学奖励。作品有英、法、日、意、韩等海外译本。

以温暖写冷酷

——对话关仁山

20 世纪 90 年代，整个文坛依然处在“先锋文学”的热络期，很多文学杂志都愿意留出版面发表这一类小说。相对而言《人民文学》还是比较注重对于现实主义的坚守，在某个阶段曾发表了何申的《年前年后》、谈歌的《大厂》以及关仁山的《醉鼓》，这些作品像一股清流在当时引起了很大的反响，因为它们真实地反映了当时民众的精神风貌，从此三位作家被誉为“河北的三驾马车”。

时光如电，二十年转眼过去，关仁山也建立了自己的文学世界，2017 年 10 卷本《关仁山文集》出版，长篇小说中包括《天高地厚》《白纸门》《麦河》《信任》《日头》，这篇对话就是他在创作《日头》的前后完成的，他的一句话让笔者一直牢记——农民可以不关心文学，文学绝不能不关心农民。

王逸人 关仁山老师，您好！这里先祝贺《日头》出版，又是一个四十多万字的大部头。我开始注意您的作品是在上世纪 90 年代的中后期，是先读过了谈歌的《大厂》后，知道了有个“河北三驾马车”的称谓，于是又找到您与何申老师的作品一并看了，对您那个阶段作品印象最深的是《九月还乡》。今天正好趁着这个机会简单回顾一下您的创作历程，我记得那个阶段中国“先锋派”文学走向式微，但还有很大的影响，加上王朔、王小波，可以说文坛的样式还是比较多的。而你们那批河北作家怎么就在那个时期能以坚持关注当下、关注身边人的困顿无奈的“现实主义”面目出现呢？是怎么让你们坚定地相信“现实主义”仍然是写作的法宝呢？

关仁山 你的问题提得很好。90 年代初期，农村和工厂变革到了最关键阶段，形势也非常严峻了，我走进乡村，何申是知青，来自农村，谈歌来自工厂，三个人对现实的关注是一样的，民间情怀是相通的。我创作出了中篇小说《大雪无乡》《九月还乡》《破产》等，何申的中篇小说《年前年后》《穷人》，谈歌的《大厂》《大厂续篇》等小说发表，并引起热烈反响。1996年第4期《小说选刊》编后记中写道："他们可以称为河北的'三驾马车'。"著名评论家雷达在上海《文学报》上发表"现实主义冲击波及其局限"的专题评论，并对河北何申、谈歌、关仁山，湖北作家刘醒龙等人的作品进行评论。由此引发了全国关于"新现实主义"创作的大讨论。评论家郑伯农在文章中说："谈歌的作品使我想起了梁斌：火辣辣、铁铮铮，一股灼人的燕赵豪气；关仁山似乎更多地接受'荷花淀派'的影响，不乏慷慨激昂，但总是透出几分清爽与灵秀；何申的身上有河北老作家的血液，也不乏赵树理式的幽默与豁达。"

我们三人的长篇小说集体亮相之后，张韧先生又撰文说："他们的作品有三个框架被打破：第一，新作开始进入的多角度和大视野；第二，由外向内移动，打破故事的表层叙述，笔触进入人物内心的精神世界，探求改革中多样人物的价值意识；第三，打破批判功能弱化的局限，在对社会腐败及多种弊端的批判中，寻觅道德的、历史的与审美的三者融合。"所以我们认为，现实主义作品受读者欢迎，说明现实主义没有过时。直面实现，反映现实问题，不用现实主义方法是很难现实艺术再现的。

王逸人 听说您在最初的文学创作时期得到过管桦先生的指导，

我知道他可是个才子，写小说、画画、填歌词都很出色，我们小时候唱的儿歌《快乐的节日》也是他的作品，就是那首“小鸟在前面带路，风儿吹向我们。我们像春天一样，来到花园里，来到草地上……”还有课本里的《小英雄雨来》都是管桦先生所作，还是很让人心生温暖的。正好您说说当年和他的交往经历。

关仁山 我与管桦老师是同乡，很早就仰慕管老，他作词的歌《听妈妈讲过去的事情》，我一直爱唱。还有那篇入选课本的《小英雄雨来》，以及打动我的中篇小说《辛俊地》。1990 年我第一次见到管桦老师，就被老人身上的艺术气息吸引。我见到管老时在写通俗文学，他开导我说，你长得像年轻时的浩然，你应该走进生活，写出真正的有艺术品位的小说。管老与他的儿子鲍河杨对我创作上的帮助很大，我很快写出短篇小说《苦雪》，由管老推荐给了《人民文学》杂志，很快发表了，这是我“雪莲湾风情”系列小说的第一篇。管老身上有文人风骨，有质朴、真诚和浪漫的艺术气息，有博大的情怀，他去世这么多年，我每到清明节都要去墓地祭奠。老人的墓地在八达岭公墓，墓地门口的大石头上刻着我的题字。这也是我与管老的缘分，他画竹子，造诣很深，我们曾一起作画。我们合作的一幅画我一直珍藏着。

王逸人 在现实主义文学的历史上，从司汤达和巴尔扎克到欧·亨利和杰克·伦敦，我想问一下哪位作家对您的影响最大？您觉得当下的现实主义和那个时代相比最大的不同在哪里？

关仁山 现实主义文学出现了那么多耀眼的大师，比如你说的巴尔扎克、司汤达，他们的作品对丑恶的批判更为尖锐深刻。对我影响大的还是巴尔扎克，他的《人间喜剧》我常读，非常喜欢。读他的作品就是一种沟通，文学的生命就是心灵沟通，没有心灵的沟通，没有心灵的碰撞、冲突、共鸣，就没有好的文学。沟通的一个重要渠道，就是对人的追问，尖锐、决绝和勇敢的追问，用光束照亮黑暗的世界。

今天的创作实践证明现实主义创作方法仍然有永不枯竭的活力。但是，今天的中国现实，比巴尔扎克时代更复杂了，最大的不同是全球一体化中资本的形态更复杂，所以人性就更复杂了。创作考验着一个作家的认知能力。作家要清醒、冷静地面对当下现实。今天是一个什么样的时代呢？我们可以给出无数说法和理由，来诠释这个世界。物化、繁荣、喧嚣、激情、焦灼、幻灭、迷惘，种种必然与偶然、有限与无限、平凡与奇迹等等，抛开物质狂欢，有时会在精神层面上悲观地思索：我们是不是陷入了某种无法摆脱的精神困境？然后就想，我们作家的职责呢，是不是应该用作品唤起潜伏在生命躯体里的神圣情感？

王逸人 以您为例，您觉得当下的现实主义创作，最大的挑战在哪里？

关仁山 当下文坛还是以现实主义创作为主流。当年我们河北“三驾马车”的创作，就被批评家命名为“现实主义冲击波”。现实主义过去往往强调批判功能，这很需要，今天如何发挥现实主义的批判功能是一大挑战。批判的尺度多大？批判的穴位找准没有？这些都是挑战性问题。其实，现实主义真实性的追求，就隐含了对批判性的强调。直面现实就意味着揭露现实的阴暗面，让一切假丑恶的行为、事物无处藏身，对其审判、谴责和毁弃。但今天的现实主义应该是开放的现实主义了，创作中作家会吸收许多非现实主义的表现手段和文学元素，补充和丰富现实主义。

我的小说《日头》讲述了冀东平原日头村近四十年的变迁，描绘了几个家庭（金家、权家、汪家和杜家）三代子孙，经历大包干、乡镇企业兴起、农民进城、现代农业、城镇化等历史阶段，为生存斗争不已，日头村翻云覆雨、利益角逐、灵魂搏斗的惊心场面。这是需要用现实主义方法来完成的。其批判性，也是体现在故事和人物形象之中的。经过创作实践，我终于明白，如果说我过去的作品精神是顺着历史的潮流朝前走，如果换个思路逆着历史，返回历史根底审视历史，批判现实，这样才能使小说有了审美风貌和思想深度。

王逸人 在创作观念上，您提出了一个非常具有人文情怀的观点，那就是“农民可以不关心文学，但文学万万不能不关注农民”，请问您是怎样提炼出这样的观点的？

关仁山 这是口号性的东西，是我在2002年《天高地厚》出版后记中的一句话，后来在多种场合和创作谈中提及，成为我的一个观点。实际上，这是我单方面提的对自己的要求，但是也有替农民“代言”的成分。话一说出口，也就迫使自己在这个道儿上走下去了。用《中华读书报》记者舒晋瑜的话说：“你的《天高地厚》《白纸门》《麦河》等作品在文坛产生很大的影响，在您的创作中农村题材写得最为丰厚，尤其在60年代出生的作家中，已独树一帜。”

有一次，我随便浏览河北作家网，一个没留名的朋友给我一句留言：“你的创作不错了，但还有遗憾，不能总按领导的意思写，要写真正好作品。”这个留言给我触动很深。过去歌颂多了一些，这一篇再也不能与农民的苦难擦肩而过了，要加强批判色彩。换句话说，就是让自己这部作品能够遵从内心，遵从艺术，勇于探险。写农民的书，那么多经典摆在面前，怎样才能做得好？有人说，农村小说只有写得不像农村小说了才有可能出现好小说。《日头》跳出了农民种地打粮的传统模式，抛弃了原来用过的精神资源，带着难解的忧患去写一种新的形态。

农民小说必须面对沉重的问题和严峻的考验，所以说，作家必须是勇敢的。对于作家来说，存在的勇气就是写作的勇气，而写作的勇气来自内心的强大。这对我是个严峻的考验。我在写提纲阶段，不断对自己说：这是农民三部曲的最后一部书，要面对良心说真话，以良心的名义，反对一切扭曲人性的苦难，所以，在风格上就尖锐一些，大胆地探索一些问题，写出时代的旋涡，写出新农民精神裂变。我在《日头》中追求一种鲜明的现场感，就是试图更直接探讨农民问题，大胆追问一些根本问题。

王逸人 要表达现实，就不能回避现实中国所提出的问题，但是离当下越近很多东西就越带有不确定性，那么请问您在创作中怎么让自己的表达带有超越性、恒久性的审美价值，而不至于沦为某个时段的就事论事？

关仁山 好小说必须直面现实，还要超越现实，做到虚实结合。这是个辩证的关系，否则就没有艺术价值了，因为生活在前进，现实问题解决了，小说的使命就结束了。我的小说离现实太近，没有拉开更大的距离，其实这也是审美的距离。而且生活刚刚发生，还没有定性对与错，带有不确定性，对于作家是冒险的，对写作构成很大的挑战。现实问题小说如何实现艺术化，这是对作家才情的严峻考验。写作很痛苦，但是，我还是比较喜欢这种挑战。比如，故事的传奇性，人搅着事，事推着人，农民们在生活中扑扑跌跌往前走，这本身就是故事，作品有了逼真的写实，这是不够的，作家要超越现实，要把政治话题转化为艺术话题。完成超越和转化，需要作家依借想象力，需要将现实打碎再加以重塑。

我想应该在隐喻和象征中建构传奇。我想在故事和人物身上抹上一层传奇色彩，让他们部分地异于常人，异于常理。然后又在玄秘、诡秘和神奇中回归常人，回归常理。靠什么？魔幻是其中我偏爱的一个手段。一提到魔幻，我们往往就想到西方魔幻，特别是想到《百年孤独》，这些名著的魔幻很有魅力，会给我很多启迪，但我们要做的是让中国式的魔幻自然地走进作品。从《天高地厚》中的蝙蝠开始，到《麦河》中的盲人与鬼魂对话，再到《日头》里神话传说红嘴乌鸦和古槐流血，这些都是我们冀东平原的民间传说。特别是红嘴乌鸦，我在迁西的景忠山上亲眼见到过。

在小说技术之外，我们要学很多东西，比如神话、传说、民间故事、民谣和民俗等，这对丰富我们小说的表现力和感染力很重要。比如，《日头》中毛嘎子在天上叙述，表面看是在痴人说梦，其实，是人在做，天在看。他在天空见证了一个村庄由兴盛到消亡的过程，但是，他是乐观的，他在议论抒情，是很有超越性的，他离太阳最近，身体是温暖的。作家应该以温暖写冷酷，唤起的不是仇恨，而是对同情、怜悯、善良和博爱的憧憬。实际上，我是借毛嘎子的嘴说出我心中最温暖、最隐秘的思考。

王逸人 《日头》是您“中国农民三部曲”的收官之作，想来每个作家都有这种三部曲情结，终于完成了，起码对自己有个交代了。现在我想问一下，它与您前面的两部长篇小说《天高地厚》《麦河》有没有故事和人物上的连贯性，这三部曲只是一个简单的称谓，还是它们之间有哪些内在的联系？

关仁山 我统称三部书为三部曲，是指对现实中国农民命运的关注。其实没有人物上的联系和延续。如果有内在联系的话，是现实精神，都是书写当代中国乡村现实巨变的火热生活。在《天高地厚》中我写了农民的命运，也全景，也壮阔，总是不满足。缺少空灵和超越的东西。把我的叙事放在一个尽量宏大的背景上开始了多角度的写作，比如《日头》更为复杂更为深入更为超拔地讲述今日河北冀东平原的动人故事。农民三部曲中，每一部也都有改变。《天高地厚》生活气息浓厚，写得比较瓷实，缺少一些飞翔的东西；我在《麦河》

中就注意到了这些问题，有了一些变化，以一只鹰的两次蜕变为隐喻，形而上思考多了一些；到了《日头》更注重虚实，魔幻的东西更多，虚幻的东西和哲理意味更足一些。同时我还想用另外一种方式检讨和批判乡土中国的许多问题。

王逸人 在《日头》里，您写了冀东平原日头村近半个世纪的巨变，通过金、权、汪、杜四家三代子孙的故事编织了一张错综复杂的关系网。这是一部故事性很强的小说，那么，小说的雏形是什么时候在心中出现的？又是什么时候觉得再不写不行了？

关仁山 在创作中最难解决的问题是如何认知复杂的现实。面对现实乡村，作家很痛苦，原因是找不到新的精神资源，找不到与今天大众的精神连接点。我们要问自己，旧有的经验还可不可用？小情感、小圈子的生活是不是可靠？是否会遮蔽更广阔鲜活的世界？

在这方面，前人已经达到了一定的高度，我们进行大量的经典阅读之后，就会明白，文学本身是一种困难的事业，一切都是在克服困难、突破自我、突破前人中行进，每个作家都有自己感受生活的方式，而随着社会生活的变化，同一个作家感受生活的方式也会改变。如果说什么时候出现了《日头》的雏形，就是从发现权桑麻和金沐灶这两个复杂人物开始的。

《日头》最大区别上两部的东西，是两个形象的确立。写提纲阶段，权桑麻这一形象就在我心中慢慢培育成熟，渐渐丰满起来，这个形象和金沐灶的形象一旦确立，自己就有了创作冲动，想不写都不行了。权桑麻的意义就在于，他是中国农村基层的真实写照，形象本身就涵盖了中国农村政治、经济、文化的变迁史。权桑麻建立的农民帝国，集专制、严密、混乱、愚昧、迷信、短视、功利、破坏于一体，他所构建的资本、权力、“土豪”三位一体的利益格局，成为中国社会利益链条的象征。金沐灶则是个新形象，具有悲悯情怀的理想主义者，也是一个民间思想者。金沐灶勇敢、大胆、诚实，忍耐和毅力让我感动，他毫不畏惧邪恶，用生命保护着身边的弱者，让读者看到普通人身上的精神美。

王逸人 您自己说，期待大家在读《日头》时，不光是看故事，更希望大家读到其背后的东西，所以请您谈谈这些背后的东西，也算对读者在阅读上的一个指导。

关仁山 小说是写故事的，写好故事是应该的。但是，真正有价值的不是故事本身，而是故事背后的思想和文化含量。《日头》没有对城镇化过分情绪化的诅咒，而是从“人心”的角度思考城镇化的正确方向。从体制上看，我们目前的城镇化带有很大的盲目性和野蛮性。错误的政绩观与恶意资本的联手，借发展之名进行的野蛮拆迁，是极权政治与垄断资本的二位一体体制的必然结果，农民不是土地的主人，也不是田园的守望者，资本与权力对人性的扭曲和变异是触目惊心的。这时候我成为乡村新文明的审视者。批评家施战军说，《日头》对于农村小说的突破，体现在土地属性上的突破，“土地属于谁，在农村来说是一个天大的问题、要命的问题，关仁山的《日头》恰恰就把写作的钳子掐在了这个根上，我们在土地的属性上有极大的疑问，而《日头》勇于触碰了这个问题。农民成为被任意驱赶的弱势群体。”我想在故事的背后探微农民的精神困境与迷失的文化根源，但不知达到效果没有，一切让读者检验吧！

关仁山，满族，1963 年 2 月生于河北唐山。中国作家协会全委会委员，河北省作家协会主席。主要作品有长篇小说《天高地厚》《麦河》《白纸门》《唐山大地震》，长篇报告文学《感天动地——从唐山到汶川》《执政基石》，中篇小说《大雪无乡》《九月还乡》《落魂天》，短篇小说《苦雪》《醉鼓》《镜子里的打碗花》等。作品曾获第五届鲁迅文学奖，第十一届全国“五个一工程”奖，第十四届中国图书奖，第五届、第八届少数民族文学创作骏马奖，第九届庄重文文学奖，及香港《亚洲周刊》华人小说比赛冠军等。长篇小说《麦河》入选2010年中国小说学会年度排行榜。部分作品译成英、法、韩、日等文字，多部作品改编成电影、电视剧、话剧、舞台剧上映。

融入野地

——对话张炜

笔者对张炜作品的阅读始于多年前一本名为《远行之嘱》的中篇小说集，也是在这本小说集中笔者牢牢记住了这样的文字——“当有人以‘多数人的要求’为借口做什么的时候，常常隐藏了最大的欺骗和阴谋”。

于张炜而言，这可能是文行此处的信手拈来，但对于彼时年轻的笔者来讲这句话是有帮助确立“三观”作用的。由此笔者开始了对他文学作品的追索，《古船》《九月寓言》《柏慧》以及散文集《融入野地》，由此基本了解张炜个人的文学格局，尤其是《古船》，那可是20世纪80年代轰动文坛的力作，因为这样的个人情结笔者对于张炜有着某种程度的“亲近感”。后来他的皇皇巨著《你在高原》出版，其中包括了十部既可以衔接阅读又可以独立阅读的长篇小说。鉴于这部小说的成就，其后在京举办了一个名为“文学中国梦，齐鲁青未了”的文学活动，在那次活动中笔者与张炜进行了一次深入的对话。

王逸人 张炜老师您好，非常高兴有这样一个机会我们能展开一次交流，您是我心中非常尊敬的一位本土作家，我个人的成长受到过您作品的影响。谈到您就不得不先说长篇小说《古船》，它是20世纪80年代的杰作，我想问一下《古船》的写作立场和反思精神是从哪里得来的呢？

张　炜 我写《古船》的时候是二十七岁，完成时是二十八岁多一点儿。像你刚才说的在当时它突破了很多思想的禁锢，在艺术上也有一些比较大胆的探索，现在看可能有些地方已经平常，但在当时还是所谓的“值得商榷”。《古船》是1986年出版的，它吸纳了中国传统文学的经典成分，包括新时期以来的文学成果。而且那时候中国已出现了很多国外传统经典文学的翻译作品，现代主义作品也出现了不少。那时候我读书可以用海量来形容，读书速度也很快，可以说当时能看到的国外作品我一部也没有漏下，无论好坏，全部照单全收，现在想想这些应该是《古船》创作思想的一个来源。另外，就是我刚才提到的中国传统文学，它也一直左右着我的写作，屈（原）李（白）杜（甫）苏（东坡）

对我的影响特别大，我想《古船》的产生与这些都是密不可分的。

王逸人 我采访陈忠实先生时，他谈到过他在结构《白鹿原》的时候，特意读了您的《古船》，为什么您的作品一直执着于营造家族式的人物谱系结构，这些家族的原型是从哪里获得的？

张　炜 人们习惯于对作品中人物或家族原型的追问，我的作品里除了《古船》，《你在高原》里也呈现了两个大家族。但其实作品和现实的关系肯定没有那么紧密，文学与现实是酒和粮食的关系，现实里有各种粮食，作家在获取之后要像酿酒器一样让这些东西发生化学变化，所以出来的东西和现实完全不一样。所以我的作品中所涉及的家族既不是我的家族，也不是某一个家族，而是综合了胶东半岛上的很多家族，这些家族的兴衰流变、个人的演变历程才是我着迷的。我在半岛上行走采访了几十年，比方写《古船》时我在一个粉丝厂里一住就是一个多月，很多作品中的细节得益于此。同时我曾在档案馆里工作过四年半，亲自参与了几十卷的历史档案选编，读过的历史资料应该有几千万字，这些对我家族式的创作应该有直接的帮助。当然我个人认为最重要的还是作家的情感部分，很多我采访过的人，他们的个人命运深深地感动了我，让我夜不能寐，这是我创作激情的来源，也能够使作品情感饱满。

王逸人 《古船》里有很多性格鲜明的人物，比如隋抱朴、赵多多等，但我个人更喜欢隋不召，名字就看得出来不招人待见，但不召却是充满了自由与冒险精神的。他的种种怪异举止里往往隐藏着真理，到死也很难说清这个人的好坏，对这个人物的考量和谋划，您是要确立一种复合型的人格吗？

张　炜 这个问题是你读完作品后的清晰设计，是非常理性的分析。但是我觉得作家在创作时最好将一切都化于混沌，再说清楚点就是完全根据情感走，根据人物走，充分地展现出感性的一面，并不要用更多的理性去框束和压抑感性的发挥。作家笔下最好的人物和章节都是在忘我状态下产生的。那么需不需要理性的设计呢？当然需要，但是理性是退后的，而且一个作家经过长期的训练，理性是于潜在中发挥控制力的，所以你说的不召这个人物，我在写作中是很少设计的，他虽然不是主角，但在整部小说里却起到非常重要的作用，在思想和艺术的含量上为作品加分。不召基本上还是个好人，我的书里面即使是坏人，也有让人着迷的、构成诱惑力的部分，没有一坏到底的人，比如《古船》里的四爷爷是个非常阴险的人，但他身上同样能体现出深刻的爱，他的克制与忍耐也都是很好的品质。从现实的层面讲，如果一个村镇里能有一个四爷爷这样的人物来执掌，那还是很好的呢，他比现在很多村镇里的头头强多了。

王逸人 您的作品中一直对乡土有一种深切的眷恋，包括《古船》里的隋见素在城里得了癌症，最后又返回了洼狸镇，这是您一直倡导的近乎哲学层面的“融入野地”这一观念的体现吗？

张　炜 是这样的，我觉得自己是一个在潜意识里特别依赖土地的人，现代人在人工打造的空间里生活得太久了，很容易造成技术崇拜和科学崇拜，这其实是很可怕的。忘掉了生命的大背景（大自然），现在我们的文学作品里面有时连一声鸟叫都听不到，因为在人工和科技的环境里生活得太久了。但是人工与科技的环境太脆弱了，所以一定不要忘记对大自然的敬畏，大自然有非常神秘的力量，这种力量和古人对神的敬畏是差不多的。

王逸人 您的形而下的野地，甚至说您的故乡现在是何种面貌？

张　炜 当然有许多地方是被破坏掉了，就是因为破坏掉了我才更需要寻找这种野地的感受。人在被赋予生命的瞬间有一些东西已经植入，比如理性和知性。我说过的人的理性、秩序、道德等好多好多的东西都是来自于大自然。大自然对人类的教育，对人类的规范和帮助是十分强大的，人类不能背离大自然的训导，一旦挣脱了，人类本身肯定会出大问题。现代社会人造的东西泛滥成灾，其结果反而使人类的精神陷入巨大的危机，很多社会问题文化问题都出现了。然而人人都有良知、人性，虽然有时被掩盖了，有时被歪曲了，但它始终存在着，靠的就是“融入野地”的自觉。

王逸人 如果说《古船》里的人物有很强烈的根的色彩，那么到了《九月寓言》的时候，里面的人物却是无根的，他们漂泊不定到处流浪，这样的极端对比所在何为?

张　炜 《九月寓言》和《古船》相比审美差异非常大，有人更喜欢《九月寓言》。读者们如此持久和热烈地谈论这两部书，给我的触动很大。其实这两本书的创作时间相隔并不远，结构的差异却很大，文学气质也大不一样。《九月寓言》是20世纪80年代末写完的，90年代初出版的，如果说《古船》是一批人在固守土地，那么《九月寓言》说的是一批人在土地上奔跑，表象不一样，实际上还是一样。《古船》里洼狸镇的那批人已经在那里扎下根了，而这批人所以流浪，就是要找一个合适的地方扎根，他们的奔跑是内心急切渴望扎根的表现，因为致命的创伤在一个又一个人的心里。

王逸人 《九月寓言》里的那群人总是以自己的民间法则消解主流意识，但随着工业文明的入侵，一切都轰然崩塌了，他们不知道要往哪里走了，您是想说现代文明最终会毁灭恣意妄为的人类吗？

张 炜 这个还是前面我们谈到的问题，那就是大自然的秩序被人工制造的、扭曲的世界所破坏，所遮蔽。所以这群人不得不与所谓的现代文明对抗，他们最有力的武器就是野地法则，但这是个难以逆转的过程，他们最终还要归于失败。他们的努力最终会演变为一种人类的悲壮，我想是这样的。

王逸人 您的新作《你在高原》获得了“茅盾文学奖”，分十册出版，浩浩荡荡四百五十万字，写了二十二年，这太少见了，这种创作耐心和勇气真的让人佩服，不过这样的做法到底是为了什么，是为了展现一次长河小说的极端样貌吗？

张 炜 在《你在高原》之前，我已经写了一百多篇短篇小说，十几部中篇小说和两部长篇小说，从 1973 年的作品到现在，四十多年了。而《你在高原》是 1988 年开始动手的，这个时间距离 1973 年有十五年了，那是十分漫长的文学跋涉。这个漫长的历程里我多么渴望能有一次酣畅淋漓的、不受拘束的文学表达，以释放心中的文学激情。这样的表达已经不是单部长篇所能完成的。这么多年来我的经历，我的行走，我的想法和感悟，除非一个皇皇巨著而不能囊括，所以就我而言，《你在高原》一点儿都不突兀。它的写作过程、篇幅长度、构成方式，对我而言再自然不过了，其实它完全可以写得更长。事实上小说完稿时是五百一十万字，出版时压掉了六十万字，将来有机会或许可以恢复三十万字，这应该很有意思。

王逸人 如您所说《你在高原》初稿是五百多万字，这对任何一个写作者都是个艰难的过程，您怎么撑下来的？

张　炜 劳动是快乐的。写作能滋养我，让我感到有意义，是有利于身体健康的。很多人只是看到了劳动的艰苦，但是忘记了世界上再也没有比劳动更有魅力的事。我不是说自己没有一点儿虚荣心，但如果被沉重的功利心俘虏了，那么这二十二年早就累坏了。

王逸人 你们那一代作家中作品被介绍到国外的不少，《你在高原》现在有国外的出版社有出版意向吗？

张　炜 只签了五本国外的版权，还不知道什么时候能译出来，这是很庞大的工作量，好在《你在高原》是每一部都能独立成章的——当然整个读完是另一番风景了，不读也无所谓。

王逸人 但现在的翻译也是很打问号的一件事，您觉得您的作品翻译出去，内在的东西还在吗？

张　炜　我会用自己作为中国人读外国翻译作品的感受来换位思考，杰出的译本似乎让我能够捕捉国外作家内在的气质和情感。尽管在翻译中会有一些损失，但以此推论，中文作品被翻译出去，国外读者也应该感受到我这颗心的跳动吧。但能够做好这件事的人不多，把一种语言艺术完美地转化为另一种语言艺术，那该有多难。所以文学作品翻译得少、翻译得慢才是正常的，反之则是令人怀疑的。

王逸人　您是写诗出身的作家，有很长时间的诗歌训练，于当下的诗歌而言您觉得创作上存在着什么样的问题？

张　炜　一切文学写作都是诗的不同形式的表达，诗是文学的核心，没有诗就没有文学，只要生命存在，诗作为生命的某种核心就会永远存在。另外，诗是小说、戏剧、评论等诸多文字形式所不能表达的，诗是隐秘、激情、玄思的，是无法言说的一种极其玄妙的表述。诗这个东西有的人在写，有的人不写，不写的不一定不是诗人，同样写的也不一定就是诗人。我早期写诗，现在也不停地写，出过几本诗集。我觉得现在的中国诗存在一些问题，那就是怎么回到古代的民歌、回到传统，怎么从国外翻译诗里解脱出来，怎样从诗经和李杜再出发。完全把韵脚丢掉了好吗？不敢肯定。在这个领域里走出一条个人的道路很难。我不愿完全模仿翻译诗来写，觉得这样的办法不行。现在中国的当代文学，不管是小说还是诗歌，模仿国外都做得有些过度了，它会影响我们民众的语言，社会的语言，进而影响到我们的文明，这已经不是一个单纯的文学问题了。所以我觉得大家应该往传统里走一走。

王逸人 那么对于当下我们的语言演变，尤其是网络语言的强势您有何看法呢?

张　炜 “五四”以后的白话文运动，现在看来走得非常急促，这和当年的国势太弱，急于改变现状的心情是一致的。但是这里面不知不觉地忽略了一个问题，那就是民族文化保留与传播的最重要的部分，就是语言的符号系统，简单点说就是语言。我们有文字可考的语言从甲骨文开始，一点点儿发展到清末，这个过程是非常缓慢的、有序的、克制的，它不可能产生飞跃式的演变。当今大量的网络写作以及大量印刷品中，对语言的戕害惨不忍睹，越对语言没有底线地破坏，越有乌合之众的围观。这已经不是个别现象了，而是普遍现象。

张炜，当代著名作家。主要作品有长篇小说《古船》《九月寓言》《外省书》《远河远山》《柏慧》《能不忆蜀葵》《丑行或浪漫》《刺猬歌》《半岛哈里哈气》及《你在高原》(十部);散文《融入野地》《夜思》《芳心似火》;文论《精神的背景》《当代文学的精神走向》《午夜来獾》等。

《古船》被评为“世界华语小说百年百强”和“百年百种优秀中国文学图书”;《九月寓言》与作者分别被评为“九十年代最具影响力十作家十作品”;《声音》《一潭清水》《九月寓言》《外省书》《能不忆蜀葵》《鱼的故事》《丑行或浪漫》等作品分别在海内外获得七十多种奖项;新作《你在高原》获得包括第八届茅盾文学奖等十余项文学大奖。

创作需要保持痛感

——对话阿丁

阿丁在成为作家前当了一阵子医生，麻醉科医生，据说已经是技术骨干。这是成为作家的准备条件，好像格瓦拉最初做的也是医生，可见医生是一座很好的“须弥台”，上面能承建很多的优秀建筑。后来他脱离医生队伍，先是做纸媒、写小说、办文学杂志，现在跑到宋庄去边画画边写作，做纯粹的艺术家了。

《无尾狗》《寻欢者不知所踪》《我要在你坟前才唱歌跳舞》《厌作人间语》……在阿丁的写作历程里，长篇小说《无尾狗》是重要的构成，本文是笔者就这部小说与阿丁进行的一次对话。阿丁的如下说法还是很值得思考的——人本身可以沉默，但是从人脑分泌出来的文字肯定不能沉默。我自问不是个勇敢的人，但底线还是有一点儿的，得守住。而且写字的人最怕心口不一，不服膺内心的结果，写得再多也是批量生产文字垃圾。

王逸人 阿丁您好，您的长篇小说《无尾狗》是我读到的很有意思的一本小说，特别是“70年代”作家的身份让我眼前一亮，因为这一代能让我看下去的作家不多。请先介绍一下《无尾狗》的创作初衷?

阿　丁 我以前在医院，与其他行政单位并无不同，向上攀爬光靠技术是不行的。后来改行进了媒体，发现这一行只需凭业务能力，靠稿件和版面的质量吃饭，不用拍老总马屁，觉得舒服无比。然而再与老朋友、老同学聚的时候，却发现大家谈论的，仍然是谁认识某某官，自己的关系网有多么庞大，能办成什么样的事之类——很多年过去了，毫无改变，依然是以自己和权力的亲近为荣，而不是自身在某一领域的能力。

在我看来，这就是食腐者的哲学，人与人之间比拼的，是在肮脏环境中生存的能力。这也是我最初把《无尾狗》命名为《腐食动物》的原因。这种存在多年的现象人们已习以为常，甚至成为可以拿来炫耀的东西。举个例子，多年前我去办护照，跑了很多次也办不下来，一筹莫展。后来买了条烟，放到管事的小吏桌上，马上就办成了。就是这种人，居然是被他人艳羡并想极力复制的对象，这竟然成了“普世”的价值观，就是这种荒谬使我动了写作的念头，想呈现出这种极不正常却被大多数人视为正常的现象。

王逸人 我看书的出版过程挺磨叽，五年六易其稿，其间发生了什么？

阿　丁 枪毙，一轮一轮的枪毙，一波又一波的希望。时常过一阵子，就有书商或出版社联系你，说你这作品如何好，要给你出版，但最终还是被枪毙。后来朋友帮我把书稿做成 PDF，有人想读我就发给他们，完全免费。挺好，毕竟大多数写作者都乐意自己的文字被更多人阅读。这期间也不停地打磨书稿，放一段时间就改一次。我清楚自己的文字里有戾气，因此所有的删修就一个目的，把戾气过滤掉，尽可能平和起来。另外，我做了很多年编辑，笃信好稿子都是改出来的，尤其是长篇。同时这段时间也没闲着，继续写小说，大概写了三四十个短篇，投稿也偶有中的。挺好。

王逸人 看你的小说有点科恩兄弟电影的味道，真“黑”啊，这种调子是怎么搞出来的？

阿　丁 科恩兄弟的电影我只看过《老无所依》，原著作者是我喜欢的作家科马克·麦卡锡。真巧，我现在正准备读他这本书。他的作品给我的感觉就是那种枯藤老树昏鸦的感觉，悲凉里有悲壮，我不知道你说的是不是这种色调。也可能是跟我的另一位师父有关，小库尔特·冯内古特。这个美国老头的独门绝技就是黑色幽默，多么沉重的题材他也会用最不羁的口吻喷在纸上，《五号屠场》就是明显的例子，“事情就是这个样子。每天我的政府都给我一大批在越南战中死去的尸体。事情就是这个样子。”作为后辈，我特别喜欢这个老头，或许是我的性格跟他有几分像，比如易怒、天生反骨、不安分，还有无端地喜欢挑战某些东西等等。

另一些“黑色”的东西来源于我对哥特式小说的迷恋，爱伦·坡和霍桑的一些作品对我很有影响。写作时不知不觉就会飘来那些我说不清的东西，自然而然地就流淌进文字里了。

王逸人 看你的经历以前做过医生，我哥哥也是医生，曾经在一段时间里我是他非常密切的助手，比如他为了练手艺，把切断了的老鼠尾巴在显微镜下再接好，我就给他打下手，其实我是有目的性的，这些生命体验不是很容易得到的。另外，鲁迅是学过医的，余华也当过大夫，我没条件当大夫，但是我有条件和大夫混啊，这个要利用好。你怎么看从医生到作家的转换的？

阿　丁 很多从事写作的前辈都当过医生，中国的有鲁迅、余华、毕淑敏，国外的有契诃夫、柯南·道尔、渡边淳一，能举出一大串。我想共通之处就是医生的职业给了他们对人生和苦难的生命体验。作家是一个需要在内心永远保持痛感的职业，从医的经历无疑会提供这种必需品。总之医生经历给了我很多收获。最大的莫过于数不清的死亡给我的刺激。这其中也包括不能给我带来刺激的死亡，也就是让我麻木的死亡。最恐惧的，恰恰就是当你感觉到自己已经对死亡漠视与麻木了，这时候就开始产生怀疑，觉得自己的某一部分人性正在缺失，这是最能刺痛我的。多年前我曾经和一位同事抬一位死者去太平间，回到办公室后，我心里所想是那个人死了，他的秘密从此也就消失了。而我的同事想的是，当时假如用某种药是不是那个人就不会死。现在，他当了普外科主任，我写小说。

王逸人 我们都是 70 年代生人，小说的名字叫《无尾狗》，请问那个尾巴是什么，是“理想主义”吗？因为我观察周围的同代人，有些人苦苦支撑最后没割掉的尾巴就是这个了。

阿　丁 可以把那条“尾巴”理解成异端。狗族生而有尾本身是正常的，但是当这世上绝大多数狗都没有尾巴时，有尾巴的就成了异端，这时有尾狗就得做出选择了——要么自行把尾巴割掉，要么被同类撕咬下来。一句话，那条脱离你身体的尾巴，就是你在某个颠倒的狗世道生存下去所纳的投名状。咱们人类的祖先最初是有尾巴的，除了在奔跑时保持平衡之外，或许也有传递善意的功能，我想跟狗没什么不同。但演变、退化之后，尾巴的功能就被眼神、微笑和手势乃至语言替代了，我所说的“尾巴”也许就有这些含义。

有理想本身就是美好的事，理想本身不见得非得多高尚不可，比如我现阶段的理想就是多卖点书多赚点钱。这倒不需要苦苦支撑，因为写作本身就是理想之一，你朝着它走，自然会越来越近。需要苦苦支撑的，我认为是跟惰性和诱惑的持久之战，需要战斗至死。

《无尾狗》叙述了60年代到当下，讲述了小人物个人的选择对其命运的影响。所谓悲剧有被动悲剧有主动悲剧，如果说人是时代悲剧的随者，阿丁则给予我们另一个阐述，人的悲剧更多的是人性悲剧。阿丁笔下的文字酣畅淋漓，叙事充满张力，把小人物的思想、尊严、无奈、苟活淋漓尽致地表达了出来。

王逸人 接上一个问题。我们从小受到的是“革命理想主义”的教育，后来“革命”没了，“理想主义”却留下了，70年代的人在很多地方显得非常“夹生”，一面面对的是已经树立起来的价值观，有做事的矜持；一面是迅速发展的商品经济社会，一切唯金钱马首是瞻。这种挤压之间这代人好像很难舒筋活血。

阿　丁　我觉得挺好啊，赶上这么一个时代是诗家之幸。这种时代天生就有滤网功能，泥沙俱下，总有些闪光的、珍贵的东西留下。我有幸认识一些朋友，他们也很爱钱，但都没有被金钱绑架，都是为了名利之外的东西活着，活得有滋有味、活色生香。跟这种朋友没事喝喝酒，相当舒筋活血。

王逸人　我们成长的阶段已经有大量中外作家的作品摆在那里了，请问哪个作家对你影响最大？

阿　丁　中国的是余华，国外的是福克纳、胡安·鲁尔福、理查德·耶茨。都是我的师长，我从他们那里偷了些于己有用的东西，我觉得还可以偷得再多些。具体手段就是重读。总的来说西方文学是我的阅读主菜。中国书读得越来越少，因为中国白话文的历史太短，营养稀缺。鲁迅也说过要少读或不读中国书。他偏激得有道理。

王逸人　《无尾狗》的结构每一章都是复调式的，当下和过往泾渭分明地林立其中，这个是出于何种考量，因为你一直线性地写下去也不会破坏故事的完整性？

阿　丁　其实我也说不清楚。一开始动笔就是这么写的，感觉这么写自己更舒服，更能驾驭。这可能跟我的个性有关，我思维比较跳跃，跟朋友聊天时也是这样，前一句说的这个事，后一句就跳到了另一件事，有时候就乱了，但还好，大多数时候还能归拢回来。怎么说呢？我不是太懂什么写作技巧，我的习惯是选择最适合自己、最让自己感到舒服的叙述方式去写。我的短篇小说更明显，每一篇的叙述方式都不一样。

王逸人 《无尾狗》写作中最难的地方在哪里？

阿　丁 倒没觉得难。要说难就是坚持写完的过程，一直与懈怠和玩心战斗，还拒绝了无数酒局。但最难的还属和头脑里的文字审查官死磕，其实就是跟想出版的鸡贼心理死磕。好在最终我赢了，不论作品好坏，自问这本书确实是在自由的，不被其他因素左右的状态下完成的。写不出来的时候，通常我会把它放一放，去做点别的轻松些的事，比如看电影、和朋友聊天，以及睡觉。我发现睡眠对写作无比重要，很多细节都是在睡眠中得来的，似乎灵感喜欢在人类处于睡眠状态时光顾。

王逸人 面对小说里展示的林林总总的人性的丑恶，你也算是“苦大”了，但笔力所及处却“仇不深”，往往是用诙谐、冷幽默就荡开了，为什么会这样？我知道以前你和我也是同行，做过记者，是那时候培养出的“春秋笔法”吗？

阿　丁　余华老师的《活着》，还有福克纳的《我弥留之际》是两个范例。他们二位在面对苦难的抒写时，都采用了消解之法。现实生活中，人们面对苦难也不是一味地控诉，尤其对中国人来说，控诉是多么奢侈的一件事。所以我见过的大部分人，多是在用挤出来的幽默和自嘲来稀释遭遇的苦难，嘶喊出来的只是极少数，拔刀的就更少了。至于笔法嘛，跟从事过记者、编辑职业有关。中国文人有“曲笔”传统，如果在世界范围搞一个“春秋笔法”大赛，冠军肯定是中国人，而且很大可能是记者出身。

王逸人　我在《无尾狗》的腰封上看到这样一段话：“你把它当成个虚拟的世界就是了。这是个亘古不变的所在，活在此处的是一群食腐之徒。它们之中有活得好的，有活得不那么好的，好与不好取决于谁更能把脏东西吃得甘之如饴、安之若素。就是这样。”按着王小波的“沉默的大多数”的理论，那你无疑是“不沉默的少数”了，怎么搞来搞去还是没把自己的尾巴藏住啊?

阿　丁　藏不住，你思考的事情越多，就越难把尾巴夹住。人本身可以沉默，但是从人脑发出的文字肯定不能沉默。我自问不是个勇敢的人，但底线还是有一点儿的，得守住。写字的人最怕心口不一，不服膺内心，不然写得再多，文字也像丢了魂。你想，如果你脑子里有一套东西，写出来却是另一套东西，那得有多分裂啊。近几年读了很多诗，更有感触，写诗更容不得“装”，如果你想藏起来什么，写出来的东西肯定没法看。

王逸人 小说里主人公丁冬的舅舅因为娶了地主的女儿而担惊受怕，后来干脆把她献给了知青头目，反过来他把丁冬的外公也就是自己的父亲拴在了猪圈里，不给他吃；接下来又捉了自己妹妹也就是丁冬母亲的“奸”。这里我和你讨论一个问题，是不是我们这个民族因为缺少关于“博爱”的教化，被别人欺负了，总是去找不如自己的弱小找心理平衡。我现在越来越佩服鲁迅，他太牛逼了，他的笔下阿Q被假洋鬼子打，返回身来就去打王胡和小D。这是1918年发表的小说，一百年了，表象上看好像很多东西都变了，可只要深入骨子里，你就会绝望地发现什么也没有变。

阿　丁 鲁迅先生是医科出身，他这辈子做出的最鞭辟入里的诊断就是针对国民性的。可惜的是他也没开出一剂疗此痼疾的处方。鲁迅的“虎狼药”和胡适的方子如果加一起应该算是良方，不过如你所知，胡适先生很多年来都被视为一株毒草。因此，这个民族一直是暴戾之气和奴气并存，从来没有哪个民族几千年来都把自由视作洪水猛兽。所以太监维护阉割刀的事极其常见。但我总体而言还是乐观的，制造奴才这种事没有可持续发展性，就像丘吉尔所言，谁能爬上一面倒向自己的墙呢?

王逸人 《无尾狗》里展现的是国人的“生存智慧”，我是领教过所谓的“生存智慧”的，那是“不择手段”的修饰性说法，不合逻辑没有尊严充斥其中，在我看来简直是侮辱智慧这个词，我想问问你怎么看?

阿　丁 完全同意。我有个更偏激的说法，“生存智慧”在我看来就是“狗吃屎的智慧”，也许在狗族里算是智慧，可你我分明是人啊。在中国文化里，每一件事你都可以找到两个方面的解释，比如谁都知道见义勇为是善举，但长辈们还会告诉你一句“君子不立于危墙之下”的古训，类似的例子还有很多。

王逸人 小说的最后主人公丁冬和医院里的护士雷春晓“在床”，结果被雷春晓的丈夫“捉奸”，看到这里我就乐啊，就和他的父母当年一样，都成了轮回的冤孽了。这里是刻意而为之吗?你要隐喻什么呢?

阿　丁 不是刻意，是情节的自然发展。作为一个失败者，丁冬的失败必须要彻底，但反过来想，那次被捉奸在床未尝不是一次至关重要的胜利，对丁冬来说，起到的是“德山棒、临济喝”的作用——最后一个躲避之所被端掉之后，或许从此他就知道该怎么活着了。

王逸人 就我的经验来看，一般作品里越绝望的人，内心对美好就越充满了激情和向往，就像梁任公当年反驳日本人所说的，“恶！是何言！是何言！吾心目中有一少年中国在。”说说你心里的那份美好吧！

阿　丁 出门空气清新，下雨时雨水都流入地下，行人安静地等红灯变绿灯不会被视为缺心眼，地铁上有一半人捧书而读，三餐干净无毒，下班顺道给孩子买国产品牌的牛奶而不用担心，敢得病，得了病也死得起——这算是美好了吧。我向往着这一天。

阿丁，1972年生，小说家、画家。著有长篇小说《无尾狗》《我要在你坟前跳舞唱歌》，短篇小说集《厌作人间语》《寻欢者不知所终》《胎心、异物及其他》，随笔集《职业撒谎者的供述》等。

一个怀疑主义者

——对话李洱

“先锋文学”始自 20 世纪 80 年代中期，到 2002 年它近乎走到了尽头，然而《花腔》的出版却给读者展现了一颗“先锋文学”的硕果。有人说写作大抵分为两类，一类是智性的，一类是情感的，《花腔》无疑属于第一类。笔者曾被它萦绕多年，光是小说脉络的笔记就整理出一万七千多字，此等样式的“细读”应该是笔者漫长阅读经历里的唯一。在《花腔》中，李洱将“先锋文学”的技法发挥到了极致，这使得这部小说拥有了繁复精妙的叙述形式。在变换的文体与腔调中，在“副本”对“正文”的补叙中，一部“宏大的历史叙事”徐徐展开，当事人们披露拼凑的事情越多，主人公葛任的形象反而越玄虚……

王逸人 李洱先生，您好，很高兴能有这样的一个机会我们在“中国作协”的办公楼里进行一番对话。自从《花腔》出版后，您一直是我期待很高的一位作家，我们今天要谈到您的创作历程和作品，下面就步入正题吧。我看到一些资料，说您小时候就把您父亲写的小说寄给报社，有这么回事吗？

李　洱 有的，那是我十二岁的时候，我父亲写的那篇小说非常像《万卡》，我还记得那篇小说的题目叫《化肥》，小说写好了就放在那里，一直也不寄走。后来趁着他出差的时候，我就找了个信封，写了“《光明日报》收”，也没有发件人的地址、姓名就寄走了。其实当时我在学校里的语文课上学习该怎么寄信，正好用他的小说做了一次实践，但可惜《光明日报》没有发表。另外，我家里有很多的藏书，都是我爷爷和我爸爸留下的，我写小说也多多少少受到了这些潜在的影响。

王逸人 说说 20 世纪 80 年代，包括您在华东师范大学读书时结识的马原和格非等作家。

李　洱　1986年的时候，我认识了马原，那时他还很年轻，刚刚发表了一些作品，不过那时成名非常快，发表两三篇小说就可以成名了。而格非才刚刚开始写小说，其实之前他们都经历了长期的训练，就是没机会发表。因为受到了西方文学的影响，他们写的小说和别人都不一样，我们当时都坚信他们的小说是好小说，格非发的第一篇小说就是我陪着他去的《收获》杂志社，包括后来我的作品《导师死了》也是格非转给《收获》的。

王逸人　正好说说《导师死了》，这篇小说对您早期的创作好像意义不小，说那篇小说发表时改了很多遍，后来有评论家看了原稿，觉得还是第一遍好。

李　洱　是《收获》的程勇新说改了七八遍，其实没有那么夸张。后来，底稿被一个批评家拿走了，看完了就问这是第几稿，我说是初稿。他说比杂志上发出来的那个要好，再后来评论家南帆看过后也认同这样的观点。《收获》那个时候是“先锋文学”的大本营，非常注意叙述的方式，在发表时把《导师死了》里面一些枝枝蔓蔓的东西砍掉了，同时也就把比较沉重的东西给砍掉了。

王逸人　您提到过知识分子的含义是公共立场和专业品格，应该从自己的专业出发来关注社会，形成健康的公共空间。那么就作家而言应该怎么去营造这个健康的公共空间呢?

李　洱　我举个例子，比如说现在是全民微博时代，很多人发微博的时候只是抒发自己的感受，就是所谓的“吐槽”，更多的时候是在抱怨，他们发微博的目的不是为了净化网络，不是让更多人通过网络知道一些更健全的知识。而我觉得知识分子除了要表达自己的感情之外，他还需要营造一个比较健康的公共空间，他不光要关心个人，还要关心和自己有关系的文化。他在从事这件事的时候，依据的是自己的专业知识背景，这个背景给他们提供了方法，使他们发现了问题。就作家而言还是拿我说事吧，我一方面写作小说，同时我也组织过不少的文学作品研讨会，对那些真正具有专业品格的书籍进行研讨，一般作家不太愿意做这个工作，他们只要把自己的小说写好，把自己的烧饼烙好，看着不烙糊就可以了。这种独善其身无可厚非，但作为知识分子能为公共空间做点事就尽量做点吧，因为那毕竟是大家共同的环境。

王逸人　您的小说《花腔》里主人公葛任是“个人”的谐音，他出生在大荒山的青埂峰下，这是《红楼梦》的余脉，这里寄托了您什么样的感情?

李　洱　这和我对东西方的文学传统的看法有关，我个人有个比较笼统的观点，我认为西方作家的一个比较基本的任务就是解决卡夫卡《城堡》里的主人公“K”进不进城堡的问题，进了城堡怎么办的问题，这也是卡夫卡本人无法解决的问题，所以他的《城堡》写不完。而中国作家都在试图解决一个贾宝玉长大之后怎么办的问题，这个问题曹雪芹也无法解答，所以《红楼梦》也没能写完。我们可以设想一下，一个青春期的男孩子被身边的一群女孩子包围着，相对而言还是比较好写的，而贾宝玉在受到了良好教育身上浸透了所有文化因子之后，当他成人之后该怎么办是很难写的。按着中国传统的路数，要么像他爹贾政那样当官，就是所谓的“入世”，要么就是出家当和尚，就是所谓的“出世”，但他自己的价值却无法实现。在《花腔》里面，我设置的大荒山、青埂峰是想引导部分专业读者往这个方向去想，因为我写的是“个人”在成熟之后在不同时代的不同命题，《花腔》写的就是个人和历史、现实以及民族解放间的冲突，他遇到的问题和贾宝玉遇到的是一样的。这里说笑一句，如果把《花腔》看成《红楼梦》的续集我将非常荣幸。

王逸人 几年前《百年孤独》在中国终于有了合法的版本，算是文学和出版界的大事，我还专门写了文章，其中提到了您写过的一段过往，就是您的爷爷在您那里看到了它之后，得知您想模仿它也写一本小说时，竟然大发雷霆，认为那样做会给家里惹来祸端，因为在他眼里马尔克斯就是大“托派分子”。这里我想跟您核实一下，他怎么这么有头脑，这是怎样的一个历程啊？

李　洱　有这个事情，我的爷爷在延安待过很长时间，他所在的学校后来变成了北京理工大学，当年叫“延安自然科学学院”，亲身的经历让他对很多事情都非常敏感。我上大学时，别看学的是中文，可我真的未必就能看懂《百年孤独》，可我爷爷看懂了。看完后他说这个小说太可怕了，他把我父亲叫去训了一顿，说这个小子看这样的小说，还要仿照着写下去，那我们全家肯定倒霉。这话倒是激起了我父亲的兴趣，说那我也看看吧，看完了拍案称好，所以你看读小说是需要人生经验的。

王逸人　我个人的成长历程最终让自己成为一个“怀疑主义者”，据说您也是“怀疑主义者”？

李　洱　我是个有底线的“怀疑主义者”，我对人类的基本价值从来不怀疑，我怀疑的是为什么会违反这种价值，一个没有底线的“怀疑主义者”是怀疑一切的，然后成为“虚无主义者”。有底线的“怀疑主义者”会对基本的价值观有坚守，所以你不要成为彻底的“怀疑主义者”。正如“一切都是值得怀疑的，但‘一切都是值得怀疑的’这句话本身不用再怀疑了”。

王逸人　《花腔》出版很多年了，我看的是人民文学出版社的第一版，应该说我对中国文学的关注该是有一点广度的，

《花腔》是一部让我一直念念不忘的小说，如果让我列一个中国当代优秀小说名录的话，它肯定在里面。它是怎么酝酿出来的？

李　洱　知识分子是靠话语生活的，所以我比较关心人的话语生活，此外我的关注点还有历史和个人价值，这几个点一直是我写作的出处。

王逸人　《花腔》是以白圣韬、赵耀庆、范继槐三个人的回忆拼合出主人公的形象的，手法上有点像《罗生门》。这个选择是如何做出的？因为葛任的故事如果以常规的小说写法写出来，也能很不错。

李　洱　应该说《花腔》比《罗生门》复杂很多，我觉得历史是在讲述中形成的，每个人的生活也是被话语构建起来的，所以不同人的诉说我觉得是一种非常有趣的方式。其实我进行创作时对它的结构也很怀疑，我担心读者无法接受，因为这种样貌的小说以前出现的毕竟不多，你现在看到的是很多人肯定了这种结构，觉得它是成功的，但在没有得到肯定之前我也是心怀忐忑的，我甚至担心它可能无法出版。写完之后，当时《人民文学》杂志的李敬泽老师看了，看完后就告诉我《花腔》可能会成为被经典化的作品，但是也有人提出把每章的考证部分全部删掉。他们是懂小说的人，但我没有那样做。

王逸人 《花腔》里讲述人不断变化，讲述人的听众也在不断变化，听众的角度有时和读者是重合的，有时又有所区别，写的时候是个挺较劲的事吧！

李　洱 是啊，不过我很喜欢那段历史，我的心里一直有个情结，就是对它做一番自己的交代。写作过程中有时故事线头多得让人梳理起来都感到绝望，所有的人物之间在不同的时代里都在发生对话关系，每个人物的价值观念又都不一样，要把它形成一个文本，这个难度的确很大。

王逸人 每章小说除了正文之外，都有篇幅很长的注解副本。注解在以前的小说里就是担当个诠释的作用，但您却把它放大了，把情节也写了进去，多重文本的出现让我在阅读时获得了一种快乐，这个技法形式是如何想到的？

李　洱 我既然写历史，就要摆出个研究历史、质疑历史的架势。在小说里我有个创造就是正文部分以 @ 为标记，它是 at 的意思，表示存在，现在微博里都用这个符号了，前阵子有个出版社的编辑告诉我他们出了一套“@ 历史人物”，就是从《花腔》里得到的启发；另一个就是副本部分的 & 的标记，它是 and 的意思，表示关联。

王逸人 有一部曾经得过威尼斯金狮奖的马其顿电影叫《暴雨将至》，您看过没有？三段式的结构，我不知道您的《花腔》是否受到过它的影响？

李　洱　那部电影我看过，不过是在《花腔》出版之后，有个叫李修文的作家推荐我看的，看完之后我立刻知道他的用意了。

王逸人　我们来说说《花腔》里伏笔的运用吧，前面很多问题埋设下了，后面都一一有了照应和交代，让读者有一种找到答案的愉快，怎么形成这样的创作自觉的？

李　洱　是的，《花腔》里有侦探小说的技法。比如书里有一个细节就是延安时期的王实味，他是有肺病的，吃饭的时候大伙儿六七个人一个饭盆，他就要先下筷子，这样别人就没法吃了，于是大家都想把他赶走，所以就告他是“托派”，最后他不就被杀了嘛！所以你看一个很小的细节，最后能够影响历史。此外，细节还要有呼应，如果细节没有呼应，那么只是来烘托气氛，而用好了可以改变小说面貌，我觉得把这些东西转化成为伏笔，是每个写小说的人都应重视的。

王逸人　在创作上创新的手法肯定有乐趣，《花腔》做到了这一点，但有了这本书摆在这儿，下一本可能要求自己有更高的手法出现，这种心态会不会让人为技所役、为技所囚？我想这一定是个很痛苦的事，哪有那么多的新都能让一个人创出来啊！

李　洱　我想如果你的观念有异于常人的话，那么你就该找到一种方法把它表现出来，必须找到一种叙述方式来对应你的观念。对作家来说这是一个非常艰难的过程，但同时小说的魅力也是就在这里，所以我目前小说写得也很艰难，这里面也有创新带来的压力。

李洱，1966年生于河南。首届“21世纪鼎钧双年文学奖”得主，李洱以长篇小说《花腔》与莫言(《檀香刑》)分享此项殊荣。长篇小说《花腔》被认为是2001—2002年度最优秀的长篇小说之一，入围第6届茅盾文学奖。《花腔》被评论界认为是对历史中的个人、对知识分子命运的思考和追究体现了深湛的认识水平，在艺术上是对20世纪80年代以来“先锋文学”探索成果的一次有力的综合，被评论者称为“先锋文学的正果”。

李洱曾在高校任教多年，后为《莽原》杂志副主编，现供职于中国现代文学馆，还著有《饶舌的哑巴》《遗忘》等小说集多部，曾获第三、四届“大家文学奖”(荣誉奖)。

历史的细节

——对话张鸣

见

严复曾说过："华风之弊，八字尽之，始于作伪，终于无耻。"其实中国那些看着高大上的"正史"几曾能少了这"华风之弊"呢？所谓格物致知，格历史也要有办法，全听全信那肯定是要掉到沟里的。张鸣的历史著作就有很强的反思作用，他让读者从长期以来形成的道德审判和阶级划分中脱离出来，进而告诉你历史是充满了荒诞、不堪与无序的。

在《辛亥：摇晃的中国》一书中张鸣潜心研读原始资料，开门见山地解析了武昌起义的真相，为什么它能成功于一次偶然的事件？当初这个看似必败的起义局面，何以使得大清帝制大停摆？那一场浩浩荡荡的历史变革不只是人们惯常眼光里的民族救亡，其实它也是各色人等的权力较量，各路人马的利益纷争，所谓的历史规律也不过是一次次的偶然。历史有太多的地方是被后人附会而得出的结论，所以多寻一些书来读，多找一些角度来看，是接近历史真相最好的办法。

王逸人 辛亥革命至今一百多年了，时间不算短了。您的作品《辛亥：摇晃的中国》也出版一段时间了。作为研究这段历史的一个学者，您觉得我们应该具有一个什么样的姿态和视角是更加良性的？

张　鸣 古今中外的历史研究都有一个共同作用，那就是“以史为鉴”，既然为鉴那么就要尽量提供历史真相，而且要有细节。过去我们的历史研究显得太空，关于辛亥革命也过于符号化、脸谱化，正面是孙中山，负面就是袁世凯，而历史的细节大家心目中基本没有。一些书籍在讲述方式上也比较抽象，所以现在要提供的历史研究应该是丰满的才好。其次，在做这段历史研究时我们应该抛弃那些先入为主的主观之见，抛弃那些框框，带着这些东西进行研究历史可能未必真实。第三，我们要想到立足于现实，百年前辛亥革命是我们的转型时期，百年后我们依然是转型时期，这里面有共同的东西，一切历史都是当代史，研究者要体现对当下的关怀，给当下的一些问题找到出路。

王逸人 您在研究辛亥革命这段历史时的个人法门是什么？

张　鸣 首先是要对这段历史感兴趣，在动手之前可以说我对“辛亥”这段历史有一个主观的想法，但在做的时候，我要求自己把那些主观的想法都抛开，让自己一头扎到资料里去，尽可能地让那些资料自己说话。比方前面我是研究“五四”的，本来是要给“五四”证明的，可后来研究出来的结果和我的主观意识是相反的，但这没有办法，我必须忠于它。除了扎实地做好基本功外，我也没有什么更好的方法。

王逸人 这段历史的研究成果目前结集成书的有很多，如果让您推荐一本，您会选什么？

张　鸣 目前来看应该是周锡瑞的《中国的改良与革命》一书，因为当下出的一些研究辛亥历史的书籍，很多都是媒体人和出版界搞的，说实话研究功力比较弱。

王逸人 这个问题完全是坐而论道，可能是被梁启超的才华所吸引，在思想上和他走得更近些，所以很多事情上我更喜欢改良，想听听您在二者间更倾向于哪个？

张　鸣 我也倾向于改良，我也很喜欢梁启超，梁启超的文字非常有气势，他的为人很好，始终跟着时代的步伐走，当时“立宪派”的精神领袖就是他，他的主张我是比较认同的。另外“保皇党”一词也是对他的污蔑，其实“保皇”这个概念就不对，它是和“革命”对立的，这样就能贬低梁启超的立场了，其实梁所谓的“保皇”也是要实施改良，辛亥以后他也赞同革命了。辛亥革命前清政府犯下了很多错误，实在严重，以至于“立宪派”也不支持他们了。梁氏是站在时代前面的一个人，他的思想更加趋于实际，为人平和宽厚，乐于奖掖后进，文章写得也漂亮。他的“时务体”风靡天下，像你们今天的报人都应该感谢他，因为你们写下的东西也算一种不是“时务体”的“时务体”，只不过你们不会半文半白罢了。

王逸人 在书中您说武昌起义是一场意外，意外里的意外，这话怎么说，这偶然里不包含必然吗？

张　鸣 有必然，首先要归咎于清政府前面所犯下的一系列重大错误，比如“铁路国有”，比如“皇族内阁”，他们把该得罪的人都得罪了，这些错误让革命发生的可能性就很高了，但具体发生在什么时间、什么地点这个是偶然性的。如果没有很多偶然的因素，武昌起义也未必就能成功。比方按当时革命党人的筹划，起义行动并不是在10月10日举行，而是在11月，10月9日他们在自己据点里试验炸弹，结果操作不小心出现了误炸，炸完之后参与者都跑掉了，“花名册”就被清政府得到了。如果没有这个事件我估计武昌起义不会在10月10日搞起来，结果当事的官员瑞澂的处理进退失据，要不你就按着“花名册”索骥抓人，要不你就宣布既往不咎。很多新军的士兵也不知道“花名册”里有谁，但人们都觉得可能有自己，一时间谣言四起，人心惶惶，所以在这种恐慌的驱使下士兵们就起义了，但你要看到新军真正参与的只有三千人，这不是意外中的意外吗？

王逸人 还是因为喜爱梁启超的原因，所以对他比较赞赏的东西也就稍有关注，比方他曾夸奖武汉的一份名为《大江报》的报纸，说其宣传作用“胜过十万毛瑟枪”。另外先前邹容的《革命军》一书里也提到了要建立“中华共和国”的设想，这样的书 1903 年就在上海出版了，可那时毕竟还是封建的清王朝呢，这些东西能问世我都感觉不可想象，这是怎么回事啊？

张　鸣 邹容的《革命军》一书是在租界里出版的，租界以外肯定是不可能出版的。《大江报》当时更多的是批评时政，其实它对革命的宣传力量并不大。其实当时参加革命新军的都是“立宪”主义者，并不主张革命，比方湖北谘议局筹办处参事议长汤化龙是大绅士，他是有地位的。他参加革命的时候当时的事态并不明朗，甚至连个头儿都没有，他怎么就会毅然参加革命，因为他对当时的状况太不满意了。当时和他这种思想相同的人有很多，所以并不是报纸弄了比较激进的文章，大家就会跟进了。

应该说报纸在革命之后的推波助澜的作用可能更大。

王逸人 特别想搞清一个问题，辛亥革命从武昌首义打响，接下去各地纷纷易帜、独立、起义，到了1911年12月底孙中山才从海外回来，这期间各地的革命是各自为战，还是大致有个战略部署的？

张 鸣 完全是各自为战，包括他们联合进攻南京都是各自为战。

王逸人 那一时期的满清官员您怎么看，那群人里在辛亥革命中死了的端方给我的印象还不错，这个人挺注重文化建设的。在敦煌我看到一些资料，他曾为斯坦因、伯希和等人盗走的那些经卷痛心不已，最后出了大价钱在巴黎翻拍了不少，后来的此类研究好像以端方的这些资料为开始的。

张 鸣 端方还是不错的，他是一个特别聪明的人，是不可多得的人才，他的死是有些可惜的。在当时因为出现了“议会”，议员们对官吏进行抨击，吏治稍有好转，但满人的官僚体系庸才居多，汉人官僚因利益被剥夺对朝廷也是不满意者甚众。在这个自我堕落和离心离德的体系里，作为满人官员的端方是个出众的人物。

王逸人 《阿Q正传》里，阿Q一拍脑袋高喊一声“革命了”，一开始把赵老太爷都唬住了，整个未庄也摇了三摇。这样的局面一直维持到假洋鬼子从城里弄了个什么“柿油党”的银桃子回来，并制止了他的革命才算完事，一切就像一场闹剧。阿Q这样的既没有理想也没有信念的更像是在起哄的底层革命者，在当时可是带有普遍色彩？

张　鸣　阿Q是典型的流氓无产者，他根本就不知道革命是怎么回事，就是借着革命趁火打劫。任何时代都是这样，在大的变动时代里都会出现趁火打劫的人，但他只不过是个“小混混”，所以在未庄也没闹起来。

王逸人　还是《阿Q正传》里写到的，阿Q梦见的“革命军”都是些穿着白盔白甲手持钢鞭的兵丁形象，我一直以为这是鲁迅在小说里的想象结果，后来我看到一本书，写武昌起义后那些守城的革命军为了区别于清朝的兵将，竟然弄了一套传说中的宋朝兵将装束。这让我一下就想到了阿Q，阿Q梦见的“革命军”装束也是有原型的，不过在1911年弄一套所谓宋朝的衣服穿着，这也太搞笑了吧！这个事情您怎么看？

张　鸣　当时有人提出恢复汉官仪，穿古代的长袍，也确实有穿白衣服的，但传说中他们是会党，就是反清复明的民间社会组织。所谓“给崇祯皇帝戴孝”是有可能的，浙江的会党气氛比较浓重，但这些并不是主流。在我的书里写到了革命后陕西的会党找来了戏服里的蟒袍玉带，打扮得像包公一样；四川独立以后，保路运动的首领蒲殿俊做了都督，人们传说他的穿戴是头戴紫金冠，插着野鸡翎，身穿大红袍，脚蹬皂靴，用现在的眼光看，这种装束当然十分搞笑。

王逸人 我曾参观过武昌“红楼”（武昌起义湖北军政府旧址），在那里的介绍中有两个革命党人的名字让我记忆深刻，一个是焦达峰，一个是邹永成。您在书里也写到了他们，为了筹集革命的钱款，他们一个去偷庙里所谓的“金佛”，而另一个采用各种办法去骗他的婶母。我当时就觉得挺好笑，因为与历史的巨大光环相比，这种现实的窘迫更有人性色彩，你在写他们的时候是否也是从去掉历史脸谱化的角度来考量？

张　鸣 你说的这两位我也在书中提到了，要革命没钱不行啊，什么事情一旦和现实联系到一起就是如此了。

王逸人 您说辛亥革命中革命党最喜欢的武器是炸弹，这个结论是怎么得出的？

张　鸣 历史资料里反复提到过，革命党是喜欢用炸弹的，暗杀也好，起义也好，都是这样。当时的炸弹质量还是不太过关，所以正规军一般还不装备，对他们来讲炸弹这个东西还是比较神秘，一神秘就觉得可怕，所以革命党反而喜欢用它了。

王逸人 据我所知秋瑾的家世是很不错的，从她曾祖开始他们家就世代为官，母亲也是萧山望族之后，她的丈夫是清廷的户部郎中，公公是曾国藩的表兄弟，是个在当地有“百万富翁”之称的大富户；还有黄花岗起义中的林觉民家在福建也很有名望，怎么有点儿像展开“文艺复兴”运动的那些神职人员和贵族，他们革命起来那么坚决而且很有风骨。

张　鸣 这个很正常，古今中外都是如此，他们有知识、有见识、容易出现理想主义者，一旦选中了一条道路就能从精神上加以坚持，而底层的人更多的是在关乎温饱的利益。

王逸人 面对汗牛充栋的史料，在形成此书时，您是怎么选取的？

张　鸣 为了写《辛亥：摇晃的中国》一书，可以这么说，我把能力范围内能看的都看了，每次写东西都是看的时间比写的时间长得多。有些东西对于我写这本书来说可能是“没用的”，但这些“没用的”你要过眼，这是经验问题。很多东西你看着看着就会发现与以前不一样的地方，那些感觉到蹊跷和不明白的地方反而是我要重视的地方，因为往往是这些东西最能带给你思考的刺激。

张鸣，浙江上虞人，1957 年生，长于北大荒。出生赶上鸣放，故曰：鸣。

年幼时最大的理想是做图书管理员，好每天有书看。及长，幻想当作家，变成文学青年。一辈子养过猪，做过兽医，大学学的是农业机械，最后误打误撞，成了大学教历史的老师，众人眼中的学者。著有《直截了当的独白》《历史的坏脾气》《历史的底稿》《北洋裂变》等作品。其中《北洋裂变：军阀与五四》，获得“2010南方阅读盛典”最受读者关注年度图书（非文学类）称号，并列入中国国家图书馆给高级干部的重点推荐书目。

一见如故

——对话杨志军

《藏獒》三部曲的出版让很多读者认识了杨志军，其实那并不是他的“偶为”，在这套书之前他已经有了非常漫长的文学经历。十多部长篇小说和若干篇中篇小说组成了他创作的两个基本系列——即“荒原小说系列”和“藏地小说系列”。他出生于青海，曾常驻草原，与藏族牧民和灵犬藏獒有着非常深入的接触，在他的写作中一直秉承着“重建信仰与情感”理想，这种理想也出现在其后的《伏藏》和《西藏的战争》等作品中。在中国作协举办的一次活动中，笔者见到了杨志军，见面的第一个感觉是他在待人的礼数上非常周到。尽管如此你仍然能从他身上体味到一种深深的孤寂感，他的这种孤寂感所为何来呢？或许从这些谈话中会找到答案。

王逸人　《藏獒》系列三部曲让很多读者认识了您，书很好看，得到了市场的认同，但又不失文学性和严肃的创作态度。在您的文学经历里，其实在20世纪八九十年代已经发表了十多部长篇小说，比如《环湖崩溃》《海昨天退去》等，而且都是侧重荒原描写的，我想问您一下在那个写作方式五花八门的时期，您是如何确立了荒原写作的方向并一直坚持下来的？

杨志军　我一直都在描写荒原，表达荒原。这不需要刻意为之，荒原是我经历最多、记忆最深、感情最浓的地方。当我试图把我的生活和情感变成文字时，我没有别的选择，它是我的唯一。不是我选择了荒原，是荒原选择了我。我跟荒原的联姻是一种宿命，命中注定我要因它而歌哭笑骂。谈不上坚持，也没有把荒原确定为写作的方向，自然而然就这么过来了。有时候我很被动，它让我写什么我就写什么，它让我怎么写我就怎么写，如有神助。我的荒原有两种情态，一种是物质的，就是青藏高原；一种精神的，就是我的内心世界。我用文学抽取了青藏高原最大的矛盾，即人与自然的矛盾，以及藏地文化最常见的冲突，即精神和物质的冲突。前者让我成了一个文学上的原始主义者，后者让我成了一个有信仰的人。我想做一个精神驱动下的纯粹的作家，不想为功名利禄献出我的文字。我想因文学而使自己灵魂高贵，而不是越搞文学越卑贱。

王逸人 文学作品里说起荒原、说起狗，在我有限的个人阅读经历里第一反应还是杰克·伦敦的《野性的呼唤》，请问您的荒原写作是否受过他的影响，或者说这一方面哪位作家对您的影响很大？

杨志军 杰克·伦敦的作品很早就看过，但没有仔细思考过，因为他还不能算是一个我眼里的伟大作家。他写的是狼，是抗争后的自由以及野性最终对文明的驯服。我写的是狗，是人对自然野性的侵害和扭曲，以及人性和狗德的统一。当人总想把自己变成狼时，人性莫非只能让狗来替我们珍惜？作为自然的一部分，动物一直都是最活跃、最灵性、最感伤的群体。我写它们是因为我喜欢它们，我有许多机会接触它们。它们是荒原和藏地生命最有价值的展示之一，是人类世界的折射。要说对我影响大的作家，应该是雨果、陀思妥耶夫斯基、托尔斯泰、帕斯捷尔纳克和索尔仁尼琴。他们的影响主要表现在精神层面和文学气质上。我的《藏獒不是狗》里面就有陀思妥耶夫斯基式的精神诘问，有雨果式的忏悔。

王逸人 说实在的，看《野性的呼唤》里面写到的自由与抗争精神，应该是杰克·伦敦内心比较理想化的世界，但面对人类时他又很绝望，《马丁·伊登》曾经带给我非常大的精神震撼，这才是我最喜欢的他的作品。一个水手经历的载沉载浮，最终一切全都破灭，他也跳海自杀了，杰克·伦敦最后也是自杀的，勇敢和绝望都很极端地集中在他身上，那边越勇敢这边就越绝望。我想问一下您身上是否存在这样的情况？

杨志军 杰克·伦敦写的是得到与无法得到之后的幻灭，是征服自然和个人意志产生矛盾之后的悲剧。而我面对的荒原，一开始就是人与自然的断裂，是人对自然的破坏和自然对人的惩罚。我追问人与自然的关系是因为我们在自然的怀抱里已经毫无温情可言，人类对自然的强暴使人类和自然都有了太多太多的痛苦。在我的作品里，人在荒原的所有行为都代表国家意志和集体意志，这跟以个体为核心的拓荒、冒险、发财的美国梦是大相径庭的。所以说杰克·伦敦写的是人与自然（荒原）最初的亲吻与推搡，而我写的是人与荒原的爱的终结。他写的是无法承受之后的自我毁灭，我写的是人在荒原最大限量的承受，这样的承受比死亡更痛苦，更需要坚强的意志力。勇敢我有，绝望我也有，沮丧、困顿、苦闷、痛苦，乱七八糟的情绪我都有，但我不会自杀。我的困顿、苦闷和痛苦，贯穿在每一部作品的写作过程中。当我们的民族陷入精神残缺而迷茫不堪时，一个作家要是放弃了精神建树的努力——哪怕这种努力是杯水车薪的，那就等于放弃了对价值的思考，放弃了对灵魂的关注。

王逸人 写藏獒肯定要对这种动物有深入的了解，青海是个有条件能接触到地道藏獒的地方，您与藏獒之间的真实故事请与读者分享一下。

杨志军 你带走了帐篷里的一个坐垫，它会追你几十公里，直到你把坐垫还给它，你相信吗？你在房东家住了一个月，它从来不献媚、不邀宠甚至都不会多望你一眼，尽管你天天都在喂它。但要是你背着行李离开了那里，它会追着汽车为你送行，求你留下，你三番五次地下车，它三番五次地不舍，直到追撵不上，你相信吗？你从来没见过这只凶猛的藏獒，但是你跟它却一见如故，你可以打它，它决不咬你，你相信吗？这都是我跟藏獒的故事。这样的事太多太多，微不足道。

王逸人 《藏獒》里您把文章都做在了这种狗的身上，它是名副其实的绝对主角，外部环境、宗教、历史、风俗习惯、部落冲突等，一切都围绕着獒画圈子，人完全是一个衬托，把獒当人写，把獒比喻成人类的化身，有人类的思想和语言，这样的写作手段是如何确立的，是开始时就有个清晰的设计，还是跟着感觉就这么写了？

杨志军 我是一个万物有灵论者，不仅在于青藏高原迄今存在的鲜活有力的原始宗教影响了我的思维，更在于我始终认为动物有着跟人类同样丰富的表达，却常常被我们所忽略。在你跟你熟悉的动物交流时，声音、动作、表情，甚至小便、排粪都可能变成语言，就看你理解不理解了。我写藏獒没有范本、没有设计，怎么顺怎么写，在非理性的状态下，把写作交给感觉。我不是在寻找好的表达方式，而是在寻找好的感觉。我写所有的作品都这样。每个人的感觉都是特异的，文学自然也是特异的。我常说文学依靠天性。天性和感觉是文学的两只翅膀，就算我没有读过任何一本别人的小说，我也会写得跟现在一样。可以肯定的是，一个作家的内心世界越丰富，他的写作就越会持续不断地喷发。文学反映的是作家的心灵，反映的是心灵所能关照到的生活。要用个性鲜明的风格，将内心世界写到极致，在创作中不断发现自己，强调自己，丰富自己，就可以完成你和文学的宿命结合，完成结合以后的生息繁衍。作家喜欢文学，也得让文学喜欢作家。这是两情相悦的事，不能互相背叛。

土逸人 让很多读者记忆深刻的是《藏獒》一书中獒与其他野兽间、獒与不同领地的同类间的打斗场面，有人说有武侠小说中江湖决斗的况味，不知您对这样的评价有何看法？

杨志军 这是一个好的评价。我无意把自己的作品写成武侠小说，但我的确是一个崇尚侠肝义胆的人。侠义精神是根植于中国民间的一棵大树，它滋养出了中国人最有分量最为光彩的精神品格。在我的童年，我最喜欢读的就是《水浒传》，英雄豪杰为朋友仗义疏财、两肋插刀的举动陶冶了我一生，让我常常陶醉在行侠仗义的快乐中，幻想有一天用它拯救人的灵魂和堕落的世界。我从青海到山东，最大的希望就是找到江湖义气，最大的失望就是我在梁山好汉的故乡并没有找到义气。所以我在一篇文章里说："来到山东，又读了一遍《水浒传》，我不知道自己在天罡星地煞星的照耀下写作是一种什么滋味。我找不到江湖，我爱宋江。"恍然意识到，"梁山好汉"不过是个虚构，山东其实没有"水浒"。

王逸人 您的作品里一直呈现出一种信仰的力量，要知道有信仰是多么奢侈的事。几年前我一个人在冬天去青海湖，在江西沟碰到一个叫大海的年轻人，围着青海湖磕等身长头，他就是为了玉树地震中失去生命的人祈祷，后来他打电话给我说他已经用这样的方式转了青海湖，一共用了四十九天时间。他的作为让我非常佩服，也反观到自己的干瘪，因为我所自恃认为拥有的一些东西在他面前被清零了。我想信仰问题应该是很多人的隐痛，但现实的思考只要一出现，这种隐痛也就又被逼退了，请问一下您对这个事情怎么看？

杨志军 藏传佛教告诉我们，你只有给所有人祈求平安你才会平安，给所有人祈求幸福你才会幸福。如果你希望你有一个好的来世，你唯一要做的就是利他，就是为所有人祈祷幸福。1977 年，我去玉树杂多草原，在牧民巴桑家住了一个多月。为什么一住就是一个多月呢？县上的车把我拉到那里后就走了，然后他们就把我忘了。这片草原离县上很远，没有车，也不可能骑马回去，我到了县上马怎么办？所以就安心住着。这一个多月对我的整个人生都产生了很大影响。按照藏族的传统，打酥油的活不能让外人来做，因为外人会沾走福气，带来邪气。但是那家的老妈妈却让我跟她一起打，说明她把我看成了自家人。当时用的不是常见的酥油桶，而是一个大皮袋，把牛奶倒进去，然后坐在地上摇，这是原始的办法，老妈妈就教我怎么摇。她会一点点汉语，我会一点点藏语，我俩正好中和一下。她还教我如何拾牛粪，半干的牛粪不能一下拾起来，而要先用脚踢起来，把下面的瘴气散发掉，不然拾不了几块你的手就会肿起来。她还教我怎么捻线，藏族男人放牧时没别的事干，就捻毛线。老妈妈觉得我是个男人，教会我捻线将来有用。后来县上突然又想起了我，派了一辆车来看看我还在不在。这样我就又要回去了。走的时候，老妈妈不舍，想送我一样东西。藏族给最亲的人送的最珍贵的礼物就是“嘛呢”，也就是六字真言。老妈妈说她念了十万个嘛呢，送给我五万个。念嘛呢就是每天摇着经筒念“唵嘛呢叭咪吽”。后来，只要到寺院，我也会念嘛呢，也会积累功德。每次积累的可能不多，五百个或者一千个，但我每次都会把我积累的嘛呢毫无保留地送给我的朋友，祝福他们的今生来世。这种靠虔诚和信仰积累来的无价之宝，是送给朋友的最好礼物。五万嘛呢不知不觉改变了我的人生。我后来的很多坚守包括不杀生、不吃肉，益善为本，都与此或多或少有关。

王逸人 在《藏獒》三部曲后，您又相继完成了《伏藏》《西藏的战争》等长篇小说。《伏藏》写的是仓央嘉措，《西藏的战争》写的是一百多年前英国十字精兵入侵西藏，尤其是后者被称为一部独具特色的关于西藏的百科全书式的小说，回归历史——这可以被看作您创作上的又一次转变吗？

杨志军 从《藏獒》三部曲开始，我逐渐从道德探索往信仰探索升华，力争我的每一部作品在精神上有一个高度，不是一部比一部低，而是一部比一部高。《伏藏》是用仓央嘉措情歌，实现世俗之爱和宗教之爱的融合，越艰难的探索，得到的结果就应该越简单。《伏藏》里那么艰难的探索，到最后挖掘出来的也就是一个“爱”字。可我们是最不懂爱的。《西藏的战争》中，我写的是两种宗教两种信仰的融合。《西藏的战争》中西方人带来的基督像很快被藏民当成了佛教的护法神。英国人后来自动撤离了，他们在巨大的信仰面前，发现了自己的无能——他们可以占领西藏的土地，但是西藏却在无意识间占领了他们的内心。我觉得世界上所有的宗教和信仰在起始点和终极目标上都是一致的，我一直想对世界说明这个问题。后来我又写了《藏獒不是狗》，也是对罪恶、忏悔、信仰等关系的描述，我从现实角度升华了我一直强调的一个命题：人可以没有宗教，但不能没有信仰。

我觉得从《藏獒》三部曲到《伏藏》，到《西藏的战争》，再到《藏獒不是狗》，我对整个精神信仰的探讨已经比较完整，我迅速走过了托尔斯泰、雨果、陀思妥耶夫斯基他们走了一生的心路历程，我把他们的探索完全中国化了。这不是说我比他们高明，而是我站在了巨人的肩膀上，拿个竹棍就可以够着天。我接下来要写的，可能不是我急切要表达的，但一定是我最重要的积累。也就是说，前面的写作都不算，我现在要从零开始。有人说我的作品是浪漫主义，其实我在生活中也是一个理想色彩浓重的浪漫主义者。骨子里、人格上都属于童年，有童年的率真，也有童年的纯粹，更有童年的稚嫩而顽梗的爱。

杨志军，1955年5月出生于青海西宁，祖籍河南孟津，现定居青岛。主要作品有荒原小说系列：中篇小说《驴皮记》《大湖断裂》《美丽孕妇》《永远的浪漫》《艳龙》，长篇小说《海昨天退去》《失去男根的亚当》《隐秘春秋》《天荒》《支边人》《迎着子弹缠绵》《无人区》《无人部落》（纪实）等。藏地小说系列：中篇小说《原野藏獒》《情和欲的悲歌》，长篇小说《环湖崩溃》《大悲原》《生命形迹》《敲响人头鼓》《骆驼》《藏獒1》《藏獒2》《藏獒3》《伏藏》《西藏的战争》《藏獒不是狗》等。作品曾多次获得全国文学奖，并以多种文字译介到国外。

与逝者对话

——对话周大新

笔者对于作家周大新的关注始于电影《香魂女》，这部片子由谢飞导演，伍宇娟和斯琴高娃主演，该片在1993年获得了柏林电影节“金熊奖”，剧本就改编自周大新的中篇小说《香魂塘畔的香油坊》。后来在一次名为“文学中原崛起”的研讨会中笔者遇到了周大新，那时他的新作《安魂》刚刚出版，于是有了此次对话。但这次对话是笔者非常揪心的一次，因为《安魂》是周大新的泣血之作，在痛失爱子周宁后，周大新以彻底的真诚和勇气直面死亡，从哲学的广度和高度反思生命，完成了这部新作。

这是一对儿父子两个灵魂坦诚而揪心的对话。父亲在对话中回视自己的人生，发出痛彻心扉的忏悔；儿子在对话中细说自己对死亡的体验，告知天国的奇异图景。真实和虚构交错，当下的无奈和想象中的极乐互现，既让人感到沉重，又使人获得解脱。既是对死者的安慰，又是对生者的宽慰，更是一支沉郁中夹着旷达的安魂曲。

王逸人 较之以往我采访过的作家，这次对话可能是我心情最为复杂的一次，以前我只谈文学谈作品就好了，但今天在谈您的新作《安魂》时，肯定要触及您的很多伤心事，因为它就是您写给不幸去世的儿子周宁的。根据弗洛伊德理论，虽然死也是人的本能之一，但他去世时毕竟只有二十九岁，而此刻我似乎也没有那个本事能把话题谈得既充分而又不触碰您的伤口，所以我在这里先做个铺垫，请多包涵。完成《安魂》一书后，丧子之痛所形成的块垒通过这本书倾吐出来了吗?

周大新 周宁去世的时间是 2008 年 8 月 3 日，就像我在书中写到的那样，那是我们家最黑暗的日子。人世无常，我还有很多话没来得及和他说，也只能借着这个小说和他说了。其实我心里一直自信他能好起来，但最后他还是走了，所以我能采取的办法就是使用文学手段写一本书了，这样心里才能好受一点。同时，他的死我也想到了这是每个人都要面对的结局，在这个过程里我也悟到了一些东西，我希望能够将这些告诉给读者，尤其是那些多年来一直喜欢我作品的固定读者，能给他们在面对死亡这个问题时提供一些观察角度。小说的后半部分对于“天国”的描述，我提供了一些人死后文学化的环境的样貌，这个东西没有人告诉我们。人上了年纪，尤其像我这样过了六十岁的年龄，就开始想这个问题了，有的人会感到恐惧，我想《安魂》是一本可以改变对这种恐惧看法的书。

王逸人 《安魂》是写给逝去儿子的一本小说，从这一点上我不怀疑您的抒情能力。可既是小说，那就要有小说的规矩和策略，比如我们都知道可能在创作中那些写得自己扬扬得意之处更需要我们的警惕，现在我更关心创作中、在抒情的过程中是否有过控制？

周大新 这一点我在创作过程中也想到了，那就是一定要有理智的参与。写这本书不仅仅是抒发我一己的感情，如果只是为了自己，那没必要写小说，其实《安魂》里有很多以我为例而对周围人的忠告和提醒，所以在写作过程中我也告诫自己不能任由感情控制你的笔。

王逸人 写《安魂》最艰难的地方在哪里？

周大新 还是心痛，有时写着写着不得不停下来……躺下休息休息，一天就能写一两百字，那时真的感到没法写下去了，只有等待心情平复，但是这个事情我一定要完成，不管多痛苦都要完成，因为只有写完了我才能开始新的生活，不然的话它老是萦绕在我的心头。现在写完了我几乎没法再看，但想对儿子说的我已经都说了，我相信他也听到了。

王逸人 我们看到《安魂》是以对话录的形式展开的，在酝酿阶段经过了怎样的选择，因为把感情转化成文字的办法似乎有很多种？

周大新 周宁发病的那个阶段我经常坐下来陪他说话，他把自己心中的生命感悟说给了我，我也把我的想法说给了他，这样的对话让我们都得到了安慰。后来他失语了，我想他心里肯定还有很多话已经没法说出来了，在写小说的时候，对话录的形式延续着病房也就自然而然地形成了。

王逸人 和柏拉图的《对话录》可有什么关联吗？

周大新 可能不太一样，在书中我所展开的是对于各自生活的回忆以及对于彼此的劝解。

王逸人 《安魂》里不但打破了生者与死者的界限，还打破了古人和今人的藩篱，我看到里面有很多和古人的对话。

周大新 是想通过和古人对话的方式把我对人生的看法表达出来，写书的时候我感觉不借助这些已经作古的精英之口，有些话已经很难说出来。今人和古人的对话中很多去掉了表象，而恒久的东西就出现了，这些东西是穿越了时间和生命个体的。其实我很看重那些和古人的对话，所以在“天国”里周宁是经过了“培训”的，在获得了一定的技能后才有资格和那些古人面对面交谈的。

王逸人 您在《安魂》的天国部分里写道：“那里不容任何特权、以强凌弱、心怀恶念。”这些东西与以往的宗教文字有些相似，我想问一下这是什么思想使然？

周大新 平等是很多人终其一生追求的东西，但在人世能做到相对平等都不容易，尤其是什么都按等级来划分的做法，我更是深恶痛绝。但在死亡这件事上人的确做到了平等，不管你是庞然大物还是细如蝼蚁，最终都要死吧。我一直心存一个幻想，那就是有那么一个空间人与人是绝对平等的，你可以说这是一个“乌托邦”的想法，但我还是希望它能够存在。

王逸人 在我的阅读经验里，对身外世界的描写给我留下深刻印象的是但丁的《神曲》，当然它是反方向的，《安魂》是否对它有所借鉴？

周大新 《安魂》和《神曲》是完全不一样的。我所写到的“天国”里被分成了很多不同的区域，这是我个人的想象。灵魂进入“天国”后要进入的第一个区域叫“甄域”，就是对灵魂的前世进行甄别的区域，前世所犯过的错误、做过的恶行都将曝光无遗。比如造成严重水污染、拿钱摆平了官员、多次威胁上告者却被称为“有贡献”的造纸厂董事长，违法私开煤窑导致塌方却偷偷烧掉矿工尸体拒付赔偿费的矿主，这些事情一件都不会少的在“甄域”里被甄别出来，确定之后再决断这个灵魂该到“天国”的哪个区域里去。大部分前世善良的人会到一个叫“享域”的环境里去，而前世好话说尽却坏事干绝的人是没资格去那里的。“到哪里去”是每个人都在思考的问题，前人曾设想了很多地方，而这就是我个人的设想。

王逸人 关于《安魂》一书的问题，我就问到这里，我终于也能轻松些，下面是一些关于您创作过往的一些问题。我对于您作品的阅读，始于20世纪90年代初。我记得那时长江文艺出了一套《跨世纪文丛》，一共四辑，选的都是当时风口浪尖上的作家，将他们优秀的中短篇单独成册，您的《瓦解》好像是第三辑里推出的。我对里面那篇名为《银饰》的小说印象很深，尤其是关于女人欲望的描写，写这篇小说时还是个禁锢较多的时代，但里面已经出现了同性恋。后来，我看到了《银饰》的电影，但我觉得电影拍得很一般，没把原著拍好，不知您怎么看？

周大新 电影是黄健中拍的，可能是投资也不到位，据我所知当时一共投了三四百万，但票房好像还不错，给投资方赚了不少钱。据我所知片子被剪了好多，最后的成片和导演的初衷出入有多大我就说不好了。那个片子我没有参与改编，只是把版权卖了。另外，你刚才提到的欲望和人性，我觉得人性是一座迷宫，它有很多面貌很多层次，我们一般人所见到的基本是前几种面貌和层次，就是我们所说的正常人。但是使用文学对所谓的“非正常人”的表现，对于我们认识人自身是有好处的，你总要把一些问题搞清楚才好。这方面心理学家做的更多，但文学一样会起到帮助作用。

王逸人 昨天我和一个出版社的朋友吃饭，席间谈到今天要专访您，她立刻说非常喜欢您《第二十幕》的那个长篇，《银饰》也好，《第二十幕》也好，您笔下好像一直有这种家族的情结。

周大新 《第二十幕》写的是一个丝织世家，我当时就想通过这个家族命运的跌宕起伏来展现我们这个民族在 20 世纪的流变。我自身的家族可以说是比较底层的，但我有很多朋友，在交谈中得知他们的家族背景都是很复杂的，他们的讲述让我感觉非常有意思。再说小说主要展现不就是虚构嘛，同时我也清楚，人物故事都可以虚构，但细节必须真实，为此我读了大量的史志和方志，得做好案头准备啊。写《第二十幕》时我读了大量丝织方面的书，甚至包括技术方面的，写东西就是这样，你要铺开一个外延很大的范畴，才能产生笔尖的一点点，这是个没办法的事情。在这一点上我和其他人一样，没有捷径可言。此外就是你认识问题能达到一个什么深度了，我觉得这一点是最重要的。

王逸人 在中国当代作家里，文学作品被搬上银幕的其实您算很多的一位，您觉得哪部电影比较满意，是谢飞的《香魂女》吗?

周大新 我的小说被拍成电影的有五部，电视剧也有一些，有刚才说的《第二十幕》，还有得了“茅盾文学奖”的《湖光山色》等。我觉得谢飞拍的《香魂女》还是不错的，电影没有离开小说的思考。

王逸人 我个人也很喜欢《香魂女》，其实谢飞他们“第四代”导演是很倒霉的一批。

周大新 是的，他们很快就让“第五代”压过去了，就像现在70后的作家一样，被夹在五六十年代和80后作家之间，他们的资源空间不大。我觉得《香魂女》电影语言和我的文字是很契合的，画面感觉非常好，那阴暗的天空和湖面上飘荡的芦苇一直萦绕在我的脑海。

王逸人 那个阶段您好像特别喜欢在女性身上开掘人性，尤其是在《香魂女》(小说原名《香魂塘畔的香油坊》) 里面，婆婆和媳妇两代女人都是买来的，犹如冤孽一般各自轮回，为什么那时会出现这种创作样貌？

周大新 我觉得人世间的很多苦难，都是人自己制造的，人被别人折磨，反过来也会以同样的方式去折磨别人。受人迫害，我还要去迫害别人，这种现象到现在也还存在。正好那时我碰到了那个做香油的女人，她的命运和我思考的这个问题走到了一起。另外，女性在过去是暴力和权力的终极承受者，其实我一直很崇敬女性，虽然在性别中她们是弱势。但我发现世间女性所做的事都是建设性的，她们哺育孩子、赡养老人、操持家务、照顾病人，而男性所做的事大都是破坏性的，比如发动战争等等，所以我会很自然地把更多关注放到她们的身上。

王逸人 一路走来，中国新时期文学的发展您既是参与者，也是见证者，想问一下您对当下的文学状况怎么看？

周大新 谈到当下时，我觉得我们不要老说今不如昔，因为网络和大批网络写手的出现，造成了文学从业者比过去多了很多，同时也让读者的队伍极大地增加。当网络文学满足不了他们的需要时，他们还会回归到纯文学上面，今天纯文学依然有市场也正说明了这一点，读者群也许还要感谢那些网络写手的培育。20 世纪 80 年代就文学而言是很好，但到了当下你也可以放心文学绝不会死，因为人类讲故事听故事的天性是不会被磨灭的，所以我觉得不管是哪类作家，最该做的就是按着自己所选定的道路走下去。

周大新，笔名普度，男，1952年生，汉族，河南邓州人。解放军总后勤部政治部创作室主任，少将军衔，专业作家，文学创作一级。全军文学界高级职称评委会主任，中国作家协会第五届、第六届全国委员会委员。第七届茅盾文学奖得主。

著有长篇小说《走出盆地》《第二十幕》《21大厦》《战争传说》《湖光山色》《安魂》等多部，中篇小说《向上的台阶》《银饰》《旧世纪的疯癫》等三十余部，短篇小说《汉家女》《金色的麦田》《登基前夜》等五十余篇，另有散文、剧本和报告文学作品共六百余万字。曾获全国优秀短篇小说奖、冯牧文学奖等。有作品被译成英文、法文、德文、朝文、捷克文。多部作品被改编为戏剧、电影和电视剧。

用风铸成一把剑
——对话麦家

麦家总是对他的童年心存芥蒂，他曾说“心酸的童年是对一个作家最好的训练”。当年因为家庭成分不好，导致他从小被人歧视，交不到朋友，于是他就以写日记的方式来说尽心中无限事，而这成了他最早的文学自我训练。他也曾用一年的时间只读一本博尔赫斯，钻在书里他像牡蛎躲在贝壳里一样感到安全。这是解码这位作家的正确方式，所以像《暗算》中的瞎子阿炳，天赋异禀却又异常孤独的人出现在他的笔下再正常不过了，这些人的内心太丰富了，所以必然孤独。

喜欢麦家的人早就通过出版物读到了麦家，但更多的人通过诸如《解密》《暗算》《风声》《听风者》等影视作品了解到他，不管怎样，一个迥异于从前的谍战世界因他而呈现。此外，麦家这种辨识度很高的写作也得到了不少海外读者的认同，这也开启了一扇中国当代文学通往世界的大门。

王逸人 麦家先生您好，很高兴能和您在这里进行对话，我们开门见山，作家搞文学创作，最初都应该有个启蒙者，哪个作家和哪部作品影响到您最终走到文学这条路上来？

麦　家 我在文学上的最早准备可能是写日记，我从十一岁就开始写日记了，那时我家的政治地位比较低下，害得我从小就被别人歧视。这种歧视在家里还没有什么感受，但当你去学校读书的时候就很深切了。被歧视的结果就是没人愿意跟你交朋友，而人天生是有交流的欲望的。当这种交流无法实，反过来那些孩子欺负你时，你的内心只有恐惧，所以写日记几乎成了我唯一实现交流的办法，这种自我交流的方式一写就是十一年。那时候我在农村，农村人根本就没有写日记的习惯，而我却天天写，把遭受的各种委屈和不愉快都写在里面。结果十一年我用去了二十七个日记本，写日记培养了我对文字的感情，也教会了我阅读内心。我记得海明威说“辛酸的童年是对一个作家最好的训练”，所以这样的遭遇让我很容易去亲近文字。后来，在 1984 年的时候我很读到了一本小说，叫《麦田里的守望者》。主人公霍尔顿的心态和我当时的年少心态完全一样，压抑、躁动，对周围的状况十分不满，当我发现小说可以这样写的时候，就点燃了创作的冲动。我可以告诉你我所以取名叫“麦家”，是和《麦田里的守望者》有密切关系的。

王逸人 您是浙江人，你们一大批江南作家都有自己的根据地，苏童的香椿树街、格非的麦村、余华的海盐，您的根据地在哪里？

麦　家 应该说我的写作根据地不是一块土地，而是一个领域，也就是所谓“搞情报的”这个领域。我从《解密》开始就一直在写这些搞情报的工作人员，这个秘密的群体。

王逸人 几年前我在一期《收获》杂志上第一次读到您的作品，是小说《密码》，还是头题发的，小说的题记是一组组的数字，读过后感觉这篇小说很有意思。没想到不久之后，电视剧就拍出来了，您的潮流就到来了，什么时候发现谍战题材是一个自己在文学上可堪耕耘的园地？

麦　家 从时间上说应该是在 2002 年《解密》出版的时候。在那之前我已经写了很多小说了，我是从1986年开始发表作品，1991年我考取了解放军艺术学院文学创作系，那里招生十分严格，每个军区只招收两个人，能考到那里其实也证明我的创作在军内是小有成就的。莫言和阎连科都是那里毕业的，我和阎连科是同班同学。虽然也写了不少作品，但我的个人文学风格还没有凸显出来，还是没有成为一个符号，我的作品也就是发表了，仅此而已。这也引起了我的反思，因为我也曾经跟着别人写，伤痕小说、寻根小说我都写过，但提起这些小说人家记住的肯定是韩少功，肯定是莫言，不会有麦家的一点地位。后来我就给自己定下了一个规定，别人写过的我肯定不写，于是我就开始寻找自我的写作方向。我从事保密工作的经历成为我日渐清晰的写作方向。《解密》发表的时候，我正在鲁迅文学院读书，大概三个月的时间，等我回到成都有四百多封信堆在那里，读者的响应让我在这个领域里不停地深挖，然后推出了《暗算》《密码》等一些作品。

王逸人 我最感兴趣的是您上面提到的大学毕业后被分配到军队里的一个保密单位工作了八个月，我觉得您后来的创作和这段经历关系非常紧密，请您详细谈谈。

麦　家 我读的大学就是一所培养情报官的学院，这个学校毕业后人要去实习，为期一年，实习的地方是一个绝对机密的单位，这期间会有一个老师带你。我亦步亦趋地跟着这个老师学习，他教会我在那个机构里怎样工作，怎样和人打交道。

举个例子，那个时候我比较喜欢打篮球，打篮球免不了和人交流，但被我的老师看到后，他就突然跑下来告诉我不能跟那个人交流。老师告诉我那个人是另一个处的，是从事密码工作的，也就是说我跟他打交道，如果涉及了机密，对我是有风险的。你看就是这样的一个单位，很多地方都是非常态的，从某种意义上说，这是一群从事着秘密使命的人。但我后来回想，和这样一群人相处太久了，我有可能又不会去写他们，而我恰恰是待了八个月就走了，因为我写的一篇小说被发表了，军区机关相中了我，我于是又被调走了。可以说我是带着对那群人巨大的想象和好奇离开的，而且一直念念不忘，一个东西你经常想念的话最终出现在你的笔下这就会很正常了，写作都是从想念开始的。

王逸人 是您把历史上的“汪伪的76号院”“军统的中国黑室”等机构重新搬回到人们的视野的。我很关心为了让人信服您是如何处理那些历史细节，让它们禁得住推敲的，因为一个细节的闪失就可能倾倒您前面庞大的构架。

麦　家　细节出问题行话叫“硬伤”，作品出现“硬伤”读者会对你的整个作品产生不信任感。比方有人拍民国时代的电影，整个电影都不错，可就是在打麻将的时候，牌面上出现了简体字的东风。这会让细心的观众产生一种吃了苍蝇的感觉，是很恶心的事情。你的这个问题很好，尽量不要让细节失真是一件很重要的事情，有关于如何保持我们没有经历过的时代的细节的真实，我觉得应该尽可能多地看那个时代的书籍，很多回忆录很多历史资料对细节是有记载的，包括穿什么用什么，都是有根据的。另外的一个方法就是让道具还原那个年代，这是个需要下功夫的事情，关键是要解决情节的真实，这个是比较难的。我觉得但凡写作的人都应该具有这样的天赋，没有天赋做不了这个事，如果你在讲一个故事时总是破绽百出，那你很可能就不是写这路小说的料儿。

王逸人　小说中的人物如果处在正常情况下，作家的创作心理压力可能并不大，但是《解密》《暗算》《风声》中的人物都处在高强度的智力角逐中，步步杀机，那创作者就要拿出更高的智力来完成，这样的创作过程想想就让人倍感压力。是什么训练让您树立起完成这些作品的自信的？

麦　家　就训练而言，以前我在那个秘密单位里受过很职业的训练，训练我的观察力、记忆力等等，但是就创作而言我还是把它归因为天赋。

王逸人 问一个我个人感兴趣的问题，您是怎么看待写作中逻辑思维与形象思维的关系的？

麦　家 某种意义上说写作上逻辑思维并不是主体，更多需要的是形象思维，但是我恰恰是在逻辑思维上取胜了，这也算我这路小说的一点特殊之处。我想把别人的弱项拿出来发挥到极致，这也是某种艺术规律。

王逸人 您笔下的瞎子阿炳、陈家鹄等人都是些天赋异禀者，他们天才地完成了超难的“破译”工作，可这些人的归宿都不好，您是在思想上靠近佛学吗，以此反映人世的无常？

麦　家 所谓天妒英才嘛，木秀于林风必摧之，上帝给了他们非同寻常的才华，但也给了他们非同寻常的灾难，从某种意义上说这也是一个恒久的哲学命题。正如你所说的，我笔下的确写到了很多具有特殊禀赋的人，写他们可以说是某种写作的捷径，其实常人很难写，特殊的人还是好写的。读者对一部作品最开始的阅读原动力都是好奇之心，带着猎奇的心来观赏文艺，这是任何人都难免的，所以你从猎奇出发是容易讨好读者的，这一点我们必须承认。但是你要写好这种奇特的人，你内心要有奇特的一面，否则你是把握不了他们的。所以我还要说写作是需要天赋的，它不是光靠培养就能形成的，很多体力的或技术的行业很容易出现子承父业的现象，但写作这个行当父子传承的比例就比较小，因为它太需要内心的领悟力和文字的表达能力，而这些往往是天生的。

王逸人 同一题材的作品间还要寻求变化，只有这样才能吸引人，您的自我变法的工作是如何进行的?

麦　家 重复是任何一个作家都要规避的事情，为什么我现在说不再想写这类“谍战”题材的作品也是基于此，同一题材的东西写多了，出现了很难规避的情况，那最好的办法就是见好就收。当我感觉积累越来越被稀释，我的感情越来越薄弱的时候，我会要求自己停下来不写了。如果带着商业目的，我可以坚持写下去，不客气地说我还是这个领域里的老大，很多东西驾轻就熟，一个故事变一个面貌对我来说也不难，而且价格肯定是最高的，但这些不会让我满足。走到今天，写作于我肯定不是为了钱，它还是我的梦想，我希望通过写作把自己的内心彻底张扬出来，彻底地表达出来，我是带着这样的野心和理想的。趁着现在我还有精力，还有冲动，我想找一个新的领域接受挑战。写爱情甚至写武侠我都有兴趣，这些对我都是个挑战，我不敢说自己能挑战成功，但我还是想挑战。

王逸人 您是理想主义者吗？因为您作品中人物的理想主义成分都很大。

麦　家 我肯定是个理想主义者，也是个悲观主义者，或者是大的悲观心绪背景下有一些小小乐观的人。

王逸人 哪些时候会有这种小小的乐观出现，是得了“茅盾文学奖”吗？

麦　家 我不是那种说得了个“茅盾文学奖”就喜出望外的人，人是感情动物，有时是喜怒无常的，快乐和得不得奖没有太大关系。我更多的是指创作的快乐，有时候写了一天突然迸出一个非常精彩的句子，都能让我高兴一个晚上，这样的快乐才是真正需要的。没有这些快乐支撑，可以说人生从开始的时候就结束了，但人生就是这么设计的，从根本上说是悲观的，说得难听一点每个人都要走向坟墓，用网络语言说就是“我们来到这个世界从来没有想着活着回去”。

王逸人 谢有顺这样评价您的作品：“是智性写作的典范，把小说的逻辑力量发挥到了极致”。谢有顺作为著名的评论家有话语权，常给不同的文学样式命名，您怎么看待他的话？

麦　家　我觉得他的话总体来说表达得还是很准确的。前面说过逻辑思维是我写作的有力武器，这个武器我有别人没有，于是也就成为我的文学标签，用博尔赫斯的话说就是“用风铸成一把剑，用沙子磨成一根绳子”。当你能做到了，这就是你的宝贝了。

王逸人　那就谈谈博尔赫斯对您的影响吧？

麦　家　我研究他的作品应该说还是非常深刻的，其实写作最好的老师还是阅读，我曾经迷过很多作家，塞林格、茨威格、海明威、卡夫卡、福克纳、马尔克斯我都迷过。当然，博尔赫斯我也迷过很长的时间，你可能不信我最迷恋他的时候，他的很多诗歌和大段大段的小说我都能背下来。所以我说写作没有什么捷径可走，就是一个下苦功夫的行当。读中学时，一些古文的意思我还无法领会，有个老师说你先把它背下来，背下来后你熟悉了它，很多东西很快就会懂了。这是个很笨的办法，但绝对是屡试不爽，所以我就把这个办法用到了研读博尔赫斯的身上。

王逸人　就个人来讲，中国当下文学我已经很久没有读到惊喜之作了，这个状况你怎么看？

麦　家　应该说当下的文学状况不太好，作家的真诚度也的确不够，这个时候好作品就比较少，但也不是没有。还有一个原因是我们现在的出版量太大了，有些好作品也被烂作品淹没掉了。我是个顽强的阅读者，好东西的确杯水车薪。我开始热爱文学的时候，1985年全国的长篇小说总共才二十五部，那时我完全可以全部读完，而且立刻可以判断出里面谁写得最好。而现在一年是几千部，你不可能一一都读，甚至还没读，书名都淹没掉了。从客观上说，这个时代过于喧嚣、过于欲望沉重，大家的内心越来越被遮蔽，我想大家的内心被遮蔽的时候，写作可能会失去方向，没有令人惊喜的作品出来也很正常。

文学也有个大阶段和小阶段之分。也许20世纪80年代是个大阶段，进入90年代直到现在还是个小阶段，但这个小阶段不会无限期地拖延下去。总有一天某个人会以某一部作品宣告这个低迷的阶段的结束，因为我相信总有一天人们会厌倦这个消费时代。

麦家，作家，编剧。原名蒋本浒，1964年生于浙江富阳。1983年毕业于解放军工程技术学院无线电系；1991年毕业于解放军艺术学院文学系；1997年转业任成都电视台电视剧部编剧；2008年调任杭州市文联专业作家。主要作品有长篇小说《解密》《暗算》《风声》《风语》等，中短篇小说集《陈华南笔记本》《紫密黑密》等；《暗算》荣获第七届茅盾文学奖；根据其同名小说改编和编剧的电视剧《暗算》一开中国谍战影视剧的先河，深得观众喜爱。

爱上荒诞之美

——对话东西

在什么时间读到什么样的书、碰到什么样的作家，都是一个人的命数，所以诸如开书单之类的事情能不干就不干吧！许多年前，笔者游荡至长江口的崇明岛，为了消磨时间，在上岛之前买了一本《花城》杂志，就这样“盲打误撞”地读到了作家东西的长篇小说《耳光响亮》。笔者很快被他所写的故事吸引住了，心中嘀咕：这部小说写得有点意思。正好那段时间赶上了南方的雨季，能做的事就是躲在小楼里读书，后来小说读完了雨也停了。笔者走出门去，望着田野里一片片金黄色的油菜花，心中所想的是《耳光响亮》是否可以在这里拍成电影？

《耳光响亮》是作家东西的第一个长篇，初试啼音却在文坛上引起了很大反响，其后他又创作了《后悔录》《篡改的命》等长篇小说，也都取得了令人瞩目的成就，后来江苏文艺出版社给他出版了六卷本的作品集，此事促成了我们终于见面，于是有了这次访谈。东西先生对这篇访谈可能还比较满意，两次将它收录于后来的个人出版物中。

王逸人 东西先生您好，先恭喜一下您文集的出版。对于您的作品我还是有一些情结的，1998 年第一次在《花城》杂志（1997 年第 6 期）上读到了《耳光响亮》，我记得那期杂志封面的颜色红红的一片，我觉得您赶上了“中国文学最好年代”的尾巴，《耳光响亮》能在那个时候出现，含金量还是很高的，正好借着这个机会问问您《耳光响亮》的创作背景。

东　西 我承认中国文学有过最好的年代，也愿意承认我赶上了这个“最好年代”的尾巴。那时候的文学一嘴下去，满口生香，就像没有污染、没有添加剂的食物。非常幸运的是我赶上了文学好年代却又一无所有，于是，用手死死地攥紧钢笔（当时还没普及电脑），以求在文学上找到安慰和回报。写了中篇小说《没有语言的生活》之后，我就想写长篇了。写什么呢？当然想写生活对胸口最猛烈的击打。检索成长过程，我发现对我人生打击最大的一次，竟然是毛泽东的逝世。他逝世的时候我才十岁，一个十岁的少年，开始关心国家命运，可见我被教育得多成功。二十年一晃就过去了，我发誓要写一本毛泽东逝世以后我们怎么成长的小说。

王逸人 《耳光响亮》里主人公牛翠柏最喜欢看的书是《毛泽东选集》，最爱听的歌是《红旗下的蛋》，告诉您我也爱听《红旗下的蛋》，这个细节可能也是让我把《耳光响亮》读完的原因之一。为什么牛翠柏也喜欢《红旗下的蛋》，是您也喜欢吗？

东　西 我曾经强烈地喜欢过崔健，他除了唱出我的心声，还解构历史、消灭崇拜、戳穿谎言。他在消灭崇拜的时候，却又把自己弄成了偶像。在牛翠柏的心目中有两个偶像，一个是被神话了的，一个是破除神话的。他读其中一个人的著作，却听另一个人的歌。我曾经被这样分裂过。我们这一代人恐怕都曾经被这样分裂过。

王逸人 《耳光响亮》从1976年写起，一直到20世纪90年代，中间的人物遭遇荒诞横生，荒诞是有美学价值的，后来的人们更喜欢恶搞，可是恶搞的美学价值我个人认为是很低下的。您的荒诞师承何处？您又是怎么掌握这个度的，从而保证它不滑到插科打诨的一边？

东　西 是生活告诉我这个世界很荒诞，而绝不是某个作家告诉我的。写《耳光响亮》的时候，我还没有像今天这样详细地阅读卡夫卡，完全是生活给了我荒诞的感觉。在我出生的乡村，童年时代天不下雨地不长苗，都有可能被人怀疑是阶级敌人在搞破坏。今天听来恍如隔世，但这样的故事却真实地在中国大地上发生过。20 世纪 90 年代，大多数的中国人都秉承了 80 年代的思考习惯，对生活认真，对未来期待。在一个认真的年代，荒诞有震惊的效果。但当现实全面荒诞之后，有人就试图用恶搞来突破荒诞。我是一个认真的人，认真的人只有荒诞的本事，却无恶搞的才华。所以，没有刻意地控制，而是性格使然。

王逸人 《耳光响亮》通过牛家家庭成员的命运流变来微缩一个时代，在最疯狂的年代里，一个人活着的最大价值就是用尽一切力量整别人。通过小说我看到您笔下的人物为了生存下去，要么也变得疯狂，要么就彻底沦为无赖，没有人能逃开。我想问问您个人曾经历过什么样的人生体验，才写出这些东西的？

东　西 美国的一位作家曾经说过，他小说中的所有痛感都来自于后母对父亲的折磨。他的小说并不是写后母与父亲，而是写一个民族的痛。所以，在作家的身上痛感是可以移植的，哪怕是听来的痛，想象的痛。《耳光响亮》里的故事，绝非我的亲身经历，却是我的心中感受。我是生活中的弱者，常常被现实扇耳光。弱者能体会人的难处，能理解人的选择。

王逸人 还是说《耳光响亮》。小说的前面部分虽然疯狂，但牛家人在“爹失踪，娘嫁人”的情况下，使用各种策略似乎还能混得开；而后面部分社会逐渐回归正常了他们反而混不开了。这是个很有意思的事，我记得谢晋的电影《芙蓉镇》里秦书田也对胡玉音说：“活下去，像牲口一样地活下去。”结果胡玉音也真的活下去了。您是要暗喻人像动物一样以“丛林法则”能生存，但等到“文明”到来时却无所适从吗？

东　西 这个小说的历史背景是从无序到有序的年代，时代在寻找秩序，人物也在寻找秩序。但当秩序到来的时候，不仅恶受到了惩罚，善也受到了惩罚。这些善恶之人都在为前面的疯狂买单。今天为昨天买单，明天为今天买单，现在都还是这样。这是一本“后文革”小说，是“文革”的水中倒影，虽没正面涉及“文革”，但每个人的心灵都被污染了。

王逸人 《耳光响亮》应该是您的第一部长篇吧。每个作家第一次搞长篇多少都有些眼高手低的情况，您觉得这部小说完成后实现了多少您最初的创作设想？

东　西 这是我的第一部长篇。到现在，我也只写了三个长篇，第二部是《后悔录》，第三部是《篡改的命》。眼高手低不是写第一部长篇的专利，有的人一辈子都可能眼高手低。这是写作者的普遍现象。我写小说有预设的主题，却没能力预设效果。就《耳光响亮》而言，我觉得我想表达的基本上都表达了。

王逸人 对了，《耳光响亮》后来拍成电视剧改名叫《响亮》了，这是怎么回事啊，您没提抗议啊？说实话“耳光响亮”的名字起得很好，是多解的，谁打了耳光，谁被打了耳光，打别人耳光的最后也被打了耳光。另外，人被打了耳光都有短暂的“哑然”反应，这些和您的小说很贴近，可“响亮”是个什么东西呢，就不是个东西啊！

东　西 拍成电视剧之后，开始用的剧名与小说同名，但播出时有关部门说名字得改改。电视台都预告两个月了，如果名字全改，预告就等于全废。从拍片到播出有一年时间，宣传用的也是原名。既然要改的话，打个比方，您的名字叫王逸人，如果要改名，您能全改吗？只要把前半截去掉，改成“逸人”就好了。这样，亲人和朋友也许还认得您，甚至还觉得叫起来更亲切。

王逸人 2005 年，您出版了长篇小说《后悔录》的单行本，封面那叫一个黑啊，故事也足够阴暗。小说讲述一个朴素的小人物曾广贤，在禁欲的时代里，因为无知恐惧，错过了向他大胆表白的少女；但活跃异常的欲望煎熬，让他蒙着眼睛进入仰慕的女人的房间，什么也没有干却被诬告成强奸犯，狱中十年，隔着铁窗他倒是获得了坚贞的爱情，可是出狱后性和爱情对曾广贤又成镜花水月……看完之后给我们一种心理暗示，就是别做让自己后悔之事！这个心理暗示您是如何提炼出来的，并认准了它的可操作价值？

东　西　写作就是把自己内心里的那一小块儿切出来，放大。鲁迅放大自己的“精神胜利法”，加缪放大自己的“局外人”心态，卡夫卡放大自己的变形，加西亚·马尔克斯放大自己的孤独……提炼“后悔”，是从人性开始的，因为后悔是我的心理常态，后悔做错事、交错朋友、投错资、浪费时间和感情等等。我想一个正常人都应该有后悔的心理，只是强弱不同罢了。这种普遍心理如果能跟现实巧妙结合，小说就有可能成功。中国有一个从“禁忌”到“放浪”的性生活过程，就是我们的性生活曾经被没收，后来一步步放开，直到放浪形骸。一个人置身于这样的现实，不后悔是不可能的。性生活虽然从“禁”到“放”，但一个人却是从年轻到衰老。这是两条逆行的线，禁的时候，我们有精力和体力，放的时候我们已经疲惫苍老。有了人性与现实的嫁接，我认为写作就可以开始。

王逸人　您认为《后悔录》才是真正不同于“下半身写作”的“身体写作”，这是我兴趣浓厚的观点，愿闻其详。

东　西　这当然是“身体写作”，但它不是“脱”，也不是“下半身”，而是强调身体的体验。爱因斯坦看到他的计算和未经解释的天文观测一致时，他就感到身上有什么东西响了一下。我想到《后悔录》的时候，身体也曾经“响了一下”。纳博科夫说他的作品主要是为那些具有创造性的读者——那些不是仅靠心也不是靠脑，而是靠心灵和大脑一同阅读的艺术家而准备的，这样的读者能从脊背的震颤中感受到作者想传达给他的微妙的情思。纳博科夫“脊背的震颤”就是爱因斯坦的“响了一下”，他们都强调身体的反应。由此可见，写作不仅是脑力劳动，还是心的事业，更是身的体验。所以，米沃什（波兰著名诗人，1980年诺贝尔文学奖获得者）说：“诗人面对天天都显得崭新、神奇、错综复杂、难以穷尽的世界，并力图用词语尽可能地将它圈住。这一经由五官核实的基本接触，比任何精神建构都更为重要。”

王逸人 《后悔录》里很多让人唏嘘的遭遇最后都是误会，曾广贤的一辈子被误会给废了，最后成了一个祥林嫂似的倾诉者。一个人的整个人生被建立在这个上面，可是太惨了，您可以放大荒诞的效果，但在做法上是否太过残忍？

东　西 不仅仅是误会，其实是曾广贤在承担。很多错误都不是他犯的，也不是他造成的，但是他全部揽到自己的身上，甚至有了后悔强迫症。他没质疑过现实，也没质疑过朋友、亲人和恋人。现实和别人都对他都进行了强有力的伤害和破坏，但是他浑然不觉。这种照单全收的后悔，除了证明曾广贤的傻，也证明了他的自以为是。他太尊重自己了，太把自己当回事了，这丰富了后悔的内涵，也与今天我们把什么都不当一回事形成对比。这么写是残忍的，但现实比作家更残忍。

王逸人 接上一个问题。尤其是曾广贤的一个倾诉对象竟然是他变成了植物人的父亲，这让我感觉很悲凉，这只是您使用的一个艺术手段吗？

东　西 整个小说是借助曾广贤来叙述的。大约 95% 的篇幅都是曾广贤在对一个按摩女讲述。他讲得津津有味，但按摩女却没有认真地听，她只在乎时间，因为她是按时间来收费的。这就像是作家与读者的比喻，写的只管写，读的却不一定读。最后，我把百分之五的篇幅留给曾广贤跟植物人的父亲讲述，他竟然用自己的"后悔"把父亲给说醒了，可见他的后悔多么触动人心。如果前面是对读者的失望，那么这百分之五的篇幅就是希望，是曾广贤的希望，也是写作者的希望。我希望一部好小说能把植物人说活。

王逸人 看您新出的文集我才第一次知道您的原名是"田代琳"，我个人感觉这个名字真没有您的笔名好，和大家说说您的笔名为什么叫“东西”？

东　西　第一是“东西”出现的频率高，易记；第二是把自己往下降，就是不那么人模狗样，甚至已经变成了物，就像勒克莱齐奥《诉讼笔记》里的主人公，仿佛变成了青苔；第三，这两个字内涵丰富，凡我们无法表达的都用它来代替；第四，它有“东方西方”的意思，也有“东张西望”“东奔西跑”“东成西就”之意。其实说这么多都是扯，当时就翻了一《丑语词典》，发誓要在上面找一个丑词来做笔名，结果一翻就翻到了“东西”。

东西，著名作家，原名田代琳。主要作品有长篇小说《后悔录》《耳光响亮》《篡改的命》；中短篇小说集《没有语言的生活》《我们的父亲》《不要问我》《我为什么没有小蜜》《猜到尽头》《痛苦比赛》《东西作品集》（六卷）等。小说《耳光响亮》《我们的父亲》和《没有语言的生活》分别被改编为同名二十集电视连续剧，统称为“后家庭伦理剧三部曲”。

中篇小说《没有语言的生活》获首届鲁迅文学奖中篇小说奖，根据该小说改编的电影《天上的恋人》获第十五届东京国际电影节“最佳艺术贡献奖”。长篇小说《后悔录》分别获第四届华语文学传媒盛典“2005 年度小说家”奖、《新京报》“2005 年度文艺类好书奖”。

写好主义

——对话叶兆言

叶兆言的小说有他的独特气息和审美，有人说他的创作历程分为“先锋写作时期”“新写实主义时期”与“新历史主义时期”，他与余华、苏童同时期出现在文坛，当年的《夜泊秦淮》很有先锋派的味道，还有《1937 年的爱情》也是让人印象深刻之作，其后，他的小说《我们的心多么顽固》和《马文的战争》也引起读者不小的反响。此外，叶兆言的散文写得也很有味道，其早年发表在《收获》上的专栏“杂花生树”让人看后难忘。叶兆言是个非常勤奋的作家，他自己也说——用功也是有用的。在我们的对话中，他认为自己只有一个主义，那就是写好主义。

王逸人 叶兆言先生，您好！上世纪90年代我从《跨世纪文丛》给您出的小说集《去影》开始关注您的作品。《跨世纪文丛》在那个年代对中国作家们有着整体推动的意味，感觉那时的文学状况也很好，其实是这样吗？

叶兆言 首先历史永远是模糊的，《跨世纪文丛》也有这样的一面。《跨世纪文丛》出的那个中短篇小说集是我在国内出的第三本书，其实那个阶段是文坛上相对沉闷的一个时期。《跨世纪文丛》出版能够成功，是意想不到的。为什么这么说呢？在此之前我已到江苏文艺出版社当编辑了，我们曾策划了一套丛书，叫《八月丛书》，它比《跨世纪文丛》早，当然运作方面也可能有些问题，它的结果很不好，可以说是惨败，所以就造成了出版社不爱出版小说集的局面。长篇是另外一回事，出版社是不反感长篇的，但就是出版集子非常困难。《跨世纪文丛》应该是1992年出版的第一期，其实你看里面选的作品大致是作家们1985年到1989年的中短篇，作家比如余华、苏童、王安忆当时有点名气了，后来都特别红。可就在1989年这帮人出书受到很大限制，印数非常低。

我记得之前像王安忆、苏童的书都只印了一千五百册，很狼狈的。而《跨世纪文丛》所以成功，是因为书商介入了运作使得结果不一样了。这就是当时真实的情况，你们年轻人看起来会觉得那个时代写作很热，但其实真正的文学状况、真实场景，我是深知个中滋味的，可以说《跨世纪文丛》的成功无论是作者还是读者，把大家都带动起来了。

王逸人 您早期的作品《状元镜》《十字铺》《追月楼》，还有《枣树的故事》都紧密围绕着历史，因此也被称为“新历史小说”。在小说的操作中有的作家是尽力去模糊历史，或只是让其成为我所用的背景，而您怎么会是“坐实”历史的写法，这里面有什么样的个人情怀和寄托？

叶兆言 “新历史”云云和我关系不大，我个人的创作经历说来也很简单。上世纪80年代初期，我和当代文学是比较隔膜的，但和现代文学比较接近，因为那时我在南京大学读研究生，学业要求我要阅读大量的现代文学。对于当时中国当代文学我并不熟悉，我也不怎么看。那个阶段我已开始写长篇和中篇。那么我为什么会写一些历史小说呢？其实也是开玩笑，我所研究的现代文学中间有好多经典，比如老舍、巴金的作品，我在大量阅读了这些作品以后，觉得自己也可以搞一搞。比如说《家》，我认为我也可以用自己的方式去解读一下，甚至调侃一下。

后来我的“夜泊秦淮”那一组小说，其实是对现代文学中那些经典名著的一种戏仿和嘲讽，我觉得那些老太爷形象啊，还有什么革命者形象都可以颠覆一下。我们曾习惯于写家族小说，那么我就要调侃家族小说。所以从我个人来说，写作完全是一个个人行为，从没有考虑到新旧历史主义。上世纪80年代有个特点，就是喜欢过一段时间编一个名词，什么现实主义啊、先锋小说啊、新写实啊，然后又什么新历史啊，我觉得这就是搞评论的人图个说话方便。搞评论就像中医开中药铺一样，柜子里好多抽屉，然后把作家往抽屉里一搁。不管别人，但我觉得小说其实真是很简单，就是千方百计把它写好，小说没有主义，就是有也只有一个——写好主义。

王逸人 有一个传言正好印证一下：众所周知您出身文学世家，叶圣陶先生是您的祖父，叶至诚先生是您的父亲，因此您从小博览群书，是作家里读书最多的人，很多书一般人别说看，听都没听说过，是这样吗？

叶兆言 无论怎么说，“最”字肯定是要拿掉的，这个“最”字是不讲理的，但书读得比较多我承认。主要原因是我们家就我这么一个孩子，我比较孤独，胆子比较小，又不敢出去打架，除了读书没别的事儿干，因此我的读书是没有功利色彩的，无聊没事做，小孩儿嘛，就整天读书。可能是因为家里有作家的原因，我从小就觉得当作家挺没意思的，同样，家里面也不希望我当作家。

王逸人 关于阅读，说说您在那个年代值得回忆的经历。

叶兆言 其实蛮难讲的，我觉得我小时候看书就是为了吹牛，和大家一样我也是看《钢铁是怎样炼成的》这些东西长大的，还有《红旗飘飘》，还有革命回忆录，那时只能看这个。再以后是看内部书，那些内部书其实对我影响蛮大的。在“文革”中后期，我曾接触过一批人，像北岛啊、多多啊都在里面。因为我有个堂哥和他们在一起，他老是吹嘘自己教北岛、教多多写诗，牛皮哄哄的。但也因为这个，我跟他在一起聚会的机会就多，他们经常谈论的就是供批判使用的内部书。这些东西成了我们的养料，去读它很简单，就是因为它是禁书，就因为它反动。人就是这样，有时候不让偷听敌台，你就偏要偷听敌台，其实未必就是想投奔帝国主义，就是个好奇。因为我堂哥他们特别喜欢这个东西，所以我也就跟随了他们的口味。我印象特别深的就是《日瓦戈医生》，对当时的我而言，不仅是这本书的著名，也不是它得了诺贝尔奖，更多的是它让我们能够遥望一个作家的形象。帕斯捷尔纳克得了诺贝尔文学奖后，在他的祖国很多人往他们家扔石头，所以他就很痛苦，他给赫鲁晓夫写信——没想到我这么热爱我的国家，我的国家却这样伤害我。那时我就能感觉到一个作家的痛苦状态，一个作家做的事和他的国家会那么相背离。

王逸人 我看到一段文字，是您写父亲被打成“右派”的，写得真好，尤其中国文人不坚强是普遍现象，历史也迫害和羞辱他们。这么长时间过去了，您对父亲及他们那代人的认识有什么改变？

叶兆言 我觉得父亲对我的影响远远大于祖父，在我的童年记忆中我父亲永远在写，永远是个执笔的人。当时叫集体创作，许多年后回想，我觉得那些故事都是胡说八道、非常糟糕，可是他要很痛苦地写。我经常从侧面看他的场景就是和很多人一起讨论，然后你就写吧，唯一能够磨炼自己的就是把文字写得好一点。他跟汪曾祺很像，都是在剧团里做编剧，一天到晚就是琢磨把那几句唱词给写好，他最大的才华一直被用在一个无聊的地方。写作这个东西很奇怪，不写的人嘴就特别好，参加集体创作的人就像现在搞电视剧一样，这帮能侃的人就特别神气活现，你应该这样，你应该那样，胡侃一气都走了，留下一堆香烟屁股。因为我们家是高薪阶层，我父亲还给这帮人提供烟、茶，然后我父亲就很痛苦地写，写了两个晚上、三个晚上，大家都烦了，好好好，通过了。通过以后，就排练了。所以那时我就感觉写东西真的很无聊，觉得这样的作家一点尊严也没有，我父亲从来没有想让我当作家，我自己也不想当。我一直到研究生毕业，都没决定自己一定要写作。我曾经说过这样的话，我觉得我遇上了写作最好的时代。

王逸人 现在要谈一部您非常重要的作品——《1937 年的爱情》了，我读它还是在《收获》杂志上，回想整个上世纪 90 年代，《收获》上的东西都不错。小说主人公丁问渔的“顽主”性子我一直记得，而且柔软的爱情和坚硬的战争被并置在一起，看完一种悲凉涌上心头。试问丁问渔的性格是您身上某些情结的寄托吗？

叶兆言 这部小说对我而言都有些恍如隔世了，现在我看我自己过去作品的感觉越来越多是恍如隔世。像《1937 年的爱情》稍微好一点，它是个长篇，有时候看一些短篇，完全不敢相信这是自己写的。这部小说我就想描写战争的强大，战争面前，任何伟大的爱情都是非常渺小的，都是非常微不足道的……但是同时我可以反过来说另外一个故事，一个刻骨铭心的爱情是高于战争的。因为你看战争早就结束了，可是我们还是在谈这场爱情，所以说爱情和战争比起来要伟大得多，强悍得多。有时我们会说你们男女之间的小感情算什么？在战争面前算个屁啊！当一个巨大的战争机器开过来的时候，人肉之躯变得微不足道了，但是最后我们还会发现，战争只是疯狂一时、横行一时，它和人的感情相比的话，要渺小得多。战争总要结束，更可能永恒的是爱情，我不认为战争是永恒的。随着文明的发展，战争甚至是可以避免的，但爱情是不可避免的。

王逸人 我对您作品最后关注的是《我们的心多么顽固》，这部小说还是让人心有戚戚焉的，年轻时我们都倔强，像老四和阿妍，我们都不肯认输，我们总是暗自较劲儿，哪怕有时这较劲儿会毁了我们自己。我知道很多人都是这样的，哪怕人生已经被较劲儿这事给吞噬掉了，可人还在那里挺着，这个小说的名字一度是我的常用语，正好我们来谈一下它的成书过程。

叶兆言 《我们的心多么顽固》这本书就是我刚刚给你讲的我堂哥那一代人的形象，因为我童年、少年时期，很多时候是在听比我大的这些人吹嘘他们的故事，于是谈话者这个角色始终是在小说中间贯穿的，用的是第一人称，这个写法相当于一个人在听，而那个听的人就是我。这部小说的完成有偶然性，真真是个偶然，正好那一年我女儿高考，我本人当时被搞得很焦虑，本想该停笔一阵，但突然间写作冲动就来临了，它促使我快速地写，可以说这是我迄今唯一一部乱写的小说，章节什么都不考虑，就一口气往下写，想到一段就写一段。其间我还陪同女儿去上海参加了个考试，而写作正好进入某种“狂躁”阶段，在火车上写了好几千字，这非常奇怪，不可思议，更像是一种恐惧，恐惧什么自己也不知道。我女儿上海考完了又到“南大”参加自主招生考试，结果“南大”那个也考上了。等我女儿提前高考成功，我的小说基本上也写好了，这是非常奇葩的一件事。我就觉得那一年我们家最幸运，因为六月份考试，七月份填志愿，我女儿四月份就已经拿到了“南大”的录取通知了，而我把小说也写完了。

王逸人 这些年有关读者的变化，想来您也是如鱼饮水冷暖自知的，那么面对80后、90后的年轻人，您在提笔前是否也会踌躇？

叶兆言 完全不存在，就像我刚才说的《我们的心多么顽固》一样，写作其实就是面对倾听者，是面对愿意听你说话的人，我从来没有那样一种雄心，说让不愿意听我话的人也读我的小说。我觉得最佳的写作状态，其实像我们今天聊天一样，它是一种非常对等的关系。我所谈话的这个对象，我是认为他是愿意听我说话的，话不投机半句多。另外，我觉得写作永远是在为少数人进行的。我个人认为上世纪80年代的文学从文学品质上来说一点不比今天的文学好。我认为今天的文学更好，为什么今天的文学好呢？今天的文学是真喜欢文学的人在谈文学，不喜欢就不谈了，文学属于喜欢文学的人。所以，今天有很多优秀的作家在抱怨，说是没人读他的东西，我觉得这种抱怨是没有道理的，因为你没有理由要求别人去喜欢你的文学。

叶兆言，原籍苏州，1957年生于南京，著名作家。1982年毕业于南京大学中文系，1986年获南京大学中文系硕士学位。曾历任金陵职业大学教师，江苏文艺出版社编辑，江苏作家协会专业创作员。1980年开始发表作品，创作总字数约四百万字。著有中篇小说集《艳歌》《夜泊秦淮》《枣树的故事》，长篇小说《1937年的爱情》《花影》《花煞》《别人的爱情》《没有玻璃的花房》《我们的心多么顽固》，散文集《流浪之夜》《旧影秦淮》《叶兆言散文》《杂花生树》《叶兆言文集》（七卷）、《叶兆言作品自选集》等。

阿Q在德国也有

——对话顾彬

德国著名汉学家顾彬教授是经常陷入争议之中的人物。2006年，他曾因被媒体放大的“中国当代文学是垃圾”的说法，而为公众所知晓。在莫言获得诺贝尔文学奖后，他对莫言的批驳又一次引发世人关注。他说莫言使用的是 18 世纪末的写作方法，现代小说已经不这么写了，同时他认为莫言的最主要问题是没有思想，总之，顾彬教授总能被中国文学界所关注。

受《文艺争鸣》杂志之邀，顾彬教授曾有一次长春之行，在长春期间他开展了一系列的学术活动，其中包括一场在东北师范大学的报告。在那次活动中笔者与他进行了一次对谈，于中国文学的优点，于中国文学的问题，于中国文学的翻译等诸多方面进行了探讨。

王逸人 您是第一次来长春吗？以前对长春可有什么听闻？

顾 彬 我是第一次到长春，此前好多人和我提到这里，说中国清代最后一个皇帝溥仪就是在这里又成了伪满洲国的皇帝。我对中国各个阶段的历史都非常感兴趣，无论它是好的还是看起来有问题的，我觉得历史就是历史，我们应该努力多了解。德国在“二战”中的所作所为举世皆知，所以我在看待别国历史时内心会变得很敏感，我更喜欢站在德国曾犯过错误的那个角度去反思，这就是我的思考方式。昨天我去参观了伪满皇宫，有导游为我介绍了溥仪的情况，1945 年前他有过四位皇后和妃子，我觉得这挺有意思的，因为我第一次听说了他身体的状况，关于他的一些问题我还在思考。

王逸人 您好像对中国的诗歌还是比较认同的，朦胧诗时期长春也是个重要的创作和理论基地呢，您可知否？

顾 彬 你是说徐敬亚和王小妮的时代吧？是的，我知道他们，1985 年后我曾陆续翻译了他们的一批诗歌，数量上王小妮的多一点。

王逸人 尽管您后来做过很多解释，不管怎么说您是“中国当代文学是垃圾”这一著名误读的原创人，中国当代文学可能有很多问题存在，但说都是垃圾我保留意见。在见到您的几天前，您的同胞君特·格拉斯去世了，我对他的作品尤其是《铁皮鼓》还是非常推崇的，施隆多夫拍的同名电影也很棒，尽管他比原著少了差不多三分之一的内容，所以我想问您您觉得君特·格拉斯的作品怎么样呢？

顾　彬 君特·格拉斯有那么两三部重要的作品很好，其他的也是垃圾。他年轻的时候，曾躲在地下室里写《铁皮鼓》，这部作品是了不起的，可以说是20世纪欧洲甚至世界水平的，这是他自己都无法再超越的巅峰，此后他只有一两部书可以接近《铁皮鼓》。

王逸人 感觉有点像肖洛霍夫，《静静的顿河》让人高山仰止，而其他的作品其水准就是断崖式的落差。

顾　彬 你说的对，他的后来的小说语言很差，跟海因里希·伯尔一样。他没办法跟托马斯·曼比，因为托马斯·曼的语言是很精英化的。

王逸人 如果说以前您的话多被媒体断章取义，现在再给您白纸黑字的机会，在您那儿中国当代文学到底是什么？当代哪个作家能入您的法眼？

顾　彬　“中国当代文学是垃圾”这句话我从来没有说过，我当时说的是卫慧、棉棉这些人的作品都是垃圾，也不知怎么后来就传走样了，以至于为了这句话我几乎做一个采访就要解释一遍。我觉得中国当代文学里诗歌所取得的成就是很高的，小说里中篇小说和短篇小说也有非常不错的，文学里有问题的是长篇小说和戏剧。但这不单单是中国的问题，也是个国际性的问题，在德国也一样。

长篇小说是一个要用最好的语言去耕耘一辈子的事业，而今它有很大的成分又被市场所左右，因此一些长篇小说变成了通俗文学，可以说商业语言在伤害着文学。至于你问我比较欣赏中国哪些作家，我还是比较喜爱中国的诗人，比如王家新、欧阳江河、西川等。好的文学，第一要有好的语言，第二应该有思想，第三应该创造新的形式。这三点里，创造新的形式是很困难的。鲁迅这三点都实现了，当然他比较容易这样做。因为“五四”之后需要一种新的语言、新的形式，比如短篇小说。今天对所有的作家来说，达到这几点要求很困难。

我不会说好的作家很多，但好的作家是存在的。中国小说的问题不在于短篇中篇，而在于长篇。长篇小说需要你写第二百页的时候，还能记得第一页写过什么，但是很多人早就忘记了，出现过哪些名字？发生过哪些事？德国有专门的校对，他们会提醒你，名字是否写错了，故事情节哪里不对。在中国，这种严格严肃的校对不多。对我个人来说，我比较喜欢的长篇小说在1949年以前是钱锺书的《围城》。当然还有萧红的《呼兰河传》，但有的中国评论家认为萧红的这本小说不算长篇小说，因为中国小说跟德国小说不一样，所以一些中篇小说对篇幅的认识在我看来就是长篇小说了。

1949年以后的作品就很难评价了。王蒙的《组织部新来的年轻人》，王安忆的《长恨歌》，还有韩少功的《马桥词典》算不错的。《组织部新来的年轻人》写得好，小说里每个人都有自己的观点，每个人都感觉他是对的，通过这部小说可以了解到那个年代年轻人的问题。

王逸人 有报道称，您因李白而爱上中国，那么您是如何接触到李白的诗?

顾　彬 我比较幸运，当时看到的是庞德翻译的李白诗歌《送孟浩然之广陵》。他的英文翻译得很漂亮，最后一行翻译得尤其好。如果那个时候我看差一点的翻译，也可能没有什么影响，不会喜欢李白的诗了。1967年，我还在大学学习神学时读到了《送孟浩然之广陵》。李白的诗太美了，它抓住了我的心，让我有了学习古代汉语的冲动。那年10月，我开始上德国第二代汉学家司徒汉的古代汉语课，二十九岁那年，我终于到了北京语言学校开始学习现代汉语。

王逸人 您是汉学家也是批评家，那么我想中国古代的文学批评家金圣叹您该知道，他公认是《水浒传》一书最好的批注者，他很有才华，为人很乖张，最后极端荒谬地死于清朝的独裁统治下。为什么要说他呢？我觉得金圣叹提供了一个我比较认同的批评家和作者的关系，因为有这样的批评家盯着会让作者在写每个字时都要充分掂量，我觉得这才是最好的批评家。我想问您心目中理想的批评家是谁呢？

顾　彬 我想好的批评家的前提首先是自身的独立性吧，在中国有些作品的评论是可以收到红包的，这就等而下之了，我的话里根本就没带这类人。另外，好的评论家还应该尽量做到客观，因为市场的关系，中国一些搞批评的人不太敢说真话，这样的现象我也是知道的，这种“帮助”是对文学的伤害。我比较认同的中国评论家比如清华大学的肖鹰，这类人是了不起的，但他们是极少数的。

王逸人 您翻译过很多中文作品，我不怀疑您中文能力的强大，但是我觉得只要是母语，越到核心就越有一种自我破译机制，这需要一个人从小在这种语体下生活才能感悟出来。说实话我对谁能把“感时花溅泪，恨别鸟惊心”或“落了片白茫茫大地真干净”这样的诗句不走样地翻译成其他语言，持保留意见，我不知您是什么心得？

顾　彬　这个问题我的看法和你不一样，你应该相信我们肯定能把你们最美的语言也翻译得最美，这不是一城一池一字一句得失的问题。另外对我而言，可能更加担心的是自身的德语水平，能不能用最好的德语去翻译你们的杰作。

王逸人　我注意到您翻译了六卷本的《鲁迅选集》。真是感谢您，现在的中国普通民众可能读过的鲁迅作品加起来都不到六本，我很好奇的是德国读者怎么看鲁迅，另外鲁迅的书在德国好卖吗？

顾　彬　我翻译的六卷本《鲁迅选集》包括他所有的小说、诗歌，还包括一部分散文和杂文。至于你问到德国读者怎么看鲁迅，那我告诉你啊，受到鲁迅的影响，德国有作家写德国版的“阿 Q 正传”，不要以为阿 Q 只是你们中国人的，德国也有，他是国际人物，这个在沟通上没有任何障碍。我所翻译的六卷本《鲁迅选集》发行量有多少我不太清楚，但是已经卖光了，现在要再版。

王逸人　我比较推崇的当代中国作家有阎连科，不知道您对他的作品有何看法？

顾　彬　我重视这个人，他是勇敢的，但他的作品我想还应该接受时间的检验。

王逸人 我看您的一些文学研究里对张爱玲还是相当肯定的，请您谈谈怎样做出这样的结论？

顾　彬 谈张爱玲前我们先谈中国的一个文学时代，起码是让德国人感到羡慕的文学时代，那就是从辛亥革命到 1949 年的这一段。这段时间的中国文学界出现了鲁迅、张爱玲等一大批优秀作家，他们的作品与世界文学相比也不落后，而且在小说的创作上愿意学美国还是学法国，都没人干涉你。相反德国在那个时代因为战争和纳粹统治的原因，根本就形成不了现代主义文学的意识，那个时代毕加索都被禁止。

王逸人 不是有托马斯·曼和赫尔曼·黑塞吗？

顾　彬 他们都是在国外的，德国人反而看不到他们的作品。还有著名的诗人保罗·策兰，他原本是罗马尼亚人，只是用德语写作，那个时代好一点的德语文学作品，很可能出自使用德语的奥地利和瑞士的部分区域。德国从 1945 年“二战”结束起开始学习的现代主义文学，差不多经过二十年，到了 20 世纪 60 年代才搞得有些起色，所以你看独裁统治必然摧残文化的发展。这是中国作家好的地方，但中国作家也有不好的地方，很多中国作家的悲剧在于他们不会外语，包括英文。好的英文很复杂，张爱玲的小说除了我们所公认的独特的洞察力之外，大家可能没太关注过她上世纪 50 年代在香港用英文写的那批作品。她英文好得很，非常有味道，后来这些作品被译成中文，味道就完全不一样了。

王逸人 前几年中国上映的电影《黄金时代》把女作家萧红带到了人群中，好像您也翻译了她的作品是吧？

顾　彬 这部电影我至今还没有看过，但是我和我的学生很早就把萧红的作品翻译成德文了，她的书卖得很快，在德国萧红是有很多读者的。《呼兰河传》太棒了，太美了，萧红的文学才华我本人非常敬佩，她的德文版作品现在在德国买不到。萧红是中国 20 世纪伟大的女作家，张爱玲和她风格不同，很难比较，张爱玲的文笔很特别，但我更喜欢萧红。问我为何有这么大差别，我也不知道，可能是因为萧红更符合我对文学的要求吧。

王逸人 有个不争的事实，当下包括作者和读者在内对文学的热情比二三十年前差得太远了，在德国是否也这样呢？

顾　彬 都一样，这是个世界性的问题，大家更愿意被浅薄的富于娱乐性的东西所把持。我只想说现在在重视市场的情况下，很多成功的作家未来未必会被人记得，相反很多现在不成功的作家未来可能会很成功，回望卡夫卡也是这个样子吧。

沃尔夫冈·顾彬（Wolfgang Kubin），1945 年生于德国

下萨克森州策勒市。著名汉学家，翻译家，作家，波恩大学汉学系教授，德国翻译家协会及德国作家协会成员。以中国古典文学、中国现当代文学和中国思想史为主要研究领域。主要作品和译著有《中国诗歌史》《二十世纪中国文学史》《鲁迅选集》六卷本等。

出 品 人：许　永
责任编辑：许宗华
特邀编辑：林园林
装帧设计：李　猛
封面图片：古　道
印制总监：蒋　波
发行总监：田峰峥

投稿信箱：cmsdbj@163.com
发　　行：北京创美汇品图书有限公司
发行热线：010-59799930

创美工厂
官方微博

创美工厂
微信公众号